Agnello di Dio che togli i peccati del mondo

Gli anni delle tribolazioni

A mia MADRE

INTRODUZIONE

Per giorni sono stato tormentato da un frase che ho ripetuto mentalmente anche senza la volontà di farlo: < Agnello di Dio che togli i peccati del mondo abbi pietà di noi. Agnello di Dio che togli i peccati del mondo dai a noi la Pace>.

Tutto ebbe inizio un tardo pomeriggio del 17 giugno 2012. Mi trovavo a Thiene, una cittadina in provincia di Vicenza. Spinto dalla curiosità di essere in un luogo nel quale non ero mai stato, cominciai a visitare il centro storico. Mi avevano affascinato alcune viuzze strette che costeggiavano delle mura di cinta molto alte di un castello. Le seguii per un tratto e non so come mi ritrovai in una piccola piazzetta dove due chiese a distanza di pochi metri si fronteggiavano. Notai che una delle due aveva il portone d'ingresso aperto, entrai. Si celebrava Messa. Intinsi la punta delle dita della mano destra nell'acquasantiera e mi segnai. Poi con passo silenzioso mi avvicinai alla spalliera dell'ultimo banco della fila destra e lì rimasi in piedi. Cominciai ad osservare l'architettura della chiesa. Non aveva uno stile importante, era piccola, raccolta, intima. Un crocchio di fedeli stavano nei primi banchi, mentre il parroco celebrava. Non ricordo la fisionomia del parroco, però mi arrivarono le sue parole:" Agnello di Dio che togli i peccati del mondo abbi pietà di noi." Sempre in piedi, appoggiato con le mani sullo schienale del banco, leggermente curvo, mi raccolsi in preghiera e rimasi così fino alla fine della funzione. Chissà quante volte avevo ascoltato durante la celebrazione della Messa quelle parole: “Agnello di Dio che togli i peccati del mondo abbi pietà di noi...”, non si erano mai fermate nella mente oltre la celebrazione della Messa. Ho ripetuto mentalmente per giorni quelle parole, continuamente anche senza volerlo.

Sono un credente e ho sempre avuto un’intima e forte convinzione che la nostra anima non è altro che l’Alito di Dio che ci viene regalato alla nascita. Si! La mia convinzione è che noi siamo spiritualmente il respiro di Dio! Come sono sempre stato profondamente convinto che la nostra anima quando ritornerà al Signore, come ogni alito ne svelerà il vissuto: con intensi profumi o maleodoranti odori di bagordi. Quindi se siamo o meno peccatori lo svelerà un alito profumato o pesante. Perché ho voluto esplicitare il mio convincimento sulla natura dell’anima nell’uomo? Perché sarebbe difficile comprendere quanto mi è accaduto e che mi accingerò a raccontare.

Come accadde nei giorni precedenti, anche tutta la giornata del 30 giugno ho continuato a ripetere mentalmente la frase: Agnello di Dio che togli i peccati del mondo abbi pietà di noi. Quella sera cenai con mia madre, un’anziana signora di 81 anni con seri problemi di articolazioni.

Mi trattenni con lei fino alle 23,00. L’aiutai ad andare a letto e tornai a casa. Le mie figlie non erano ancora rincasate, e con mia moglie, raccolta nella preoccupazione delle madri che guardano la tv per coprire l'attesa del rientro dei figli, scambiai poche parole ed andai a letto.

Ricordo solo che prima di addormentarmi continuavo a ripetere: Agnello di Dio che togli i peccati del mondo abbi pietà di noi.

Non so come funzionano i sogni, so soltanto che quanto ho sognato quella notte l'ho vissuto come fosse stata una condizione estremamente reale: nel tatto , nell'udito, nella vista, negli odori.

IL SOGNO

PRIMO GIORNO

Sognai di trovarmi davanti alla facciata di una grande Basilica in una piazza enorme. Subito la riconobbi era piazza San Giovanni a Roma. Non sentivo rumori ne voci. Non avvertivo presenze. Era mattina! Cominciai a camminare verso l'ingresso della Basilica. Da lontano vedevo la grande porta centrale spalancata, lo spazio intorno era deserto. Mentre camminavo inciampai e mi accorsi che il terreno era segnato da piccole e profonde crepe. Mi chinai per guardarle meglio e capirne la natura, ma notai soltanto che da queste salivano a tratti piccoli e quasi impercettibili steli di fumo che galleggiavano e sostavano a pochi centimetri dal terreno. Fumi che rilasciavano strani odori d'intensi profumi che si alternavano a maleodoranti olezzi di acri e nauseanti vapori sulfurei.

Continuai a camminare verso il portone della Basilica cercando di evitare le crepe. Mi assillavano delle domande: cosa fossero quelle crepe, quei fumi, quegli odori?

Era prima mattina ed improvvisamente il cielo si oscurò con nubi nere e gonfie di pioggia. Cominciò a piovere.

La pioggia penetrava i vestiti e la sentivo direttamente sulla pelle quasi come se non avesse ostacoli. Avevo la sensazione di essere nudo. Cominciai ad affrettare il passo, poi a correre, ma la porta della Basilica mi appariva sempre più lontana.

Mentre caparbiamente correvo verso la Basilica sentii una voce:" Fermati, fermati!" Mi bloccai, e girato lo sguardo alla mia sinistra vidi un uomo alto, magro che si avvicinava. Aveva capelli bianco cenere e uno sguardo sereno e penetrante.

Quando mi fu vicino cominciò a parlare: " perché corri? Non hai compreso che non serve correre? Comunque non troverai riparo e non ci sarà riparo per nessun uomo su questa terra. Questa pioggia che penetra i vestiti e senti sulla pelle è il lavacro per dare decenza all'uomo prima di presentarsi al cospetto dell'Agnello nel giorno del Giudizio."

Compresi dal tono e dalla sicurezza del mio interlocutore che forse avrebbe potuto darmi qualche risposta alle molte domande che si accavallavano nella mia mente e iniziai a chiedergli: perché la piazza era deserta, perché quelle innumerevoli crepe nel terreno e cosa fossero quei fumi che fuoriuscivano dalle crepe. Il mio interlocutore mi interruppe con un gesto della mano e fissandomi intensamente e con tono calmo, cominciò a parlare. " Ci sono stati violenti terremoti che hanno segnato tutta la Terra con quelle crepe che hai visto. Quei piccoli e bassi steli di fumo che fuoriescono dalle crepe del terreno sono le anime dei morti che sostano sulla terra in attesa di giudizio. Quegli odori gradevoli e sgradevoli che a folate ti hanno investito sono il timbro del vissuto delle anime. Le chiese avranno i portoni spalancati, ma resteranno vuote perché il tempo della preghiera e del pentimento è scaduto, e prima che ne permettano l'accesso agli uomini per il ristoro dello spirito deve consumarsi il tempo del giudizio."

Gli chiesi quando fosse successo tutto questo.

" All'umanità, i segni che ci sarebbe stato un ultimo giudizio, sono stati profetizzati già da molti secoli. Dalla venuta dell'Agnello, affinché il tempo del giudizio potesse compiersi nella giustizia il Signore ha atteso che il verbo della salvezza si diffondesse su tutta la Terra, perché tutti gli uomini ne avessero conoscenza, quindi la condizione di scegliere e di agire nella consapevolezza tra il bene o il male.

L'ultimo secolo è stato fissato come tempo dal Signore per combattere la battaglia finale contro le forze del male e dare inizio agli anni della tribolazione prima del giudizio. Il maligno nella battaglia ha impegnato ogni astuzia ed inganno per prevalere. E molti uomini si sono persi nell'illusione di ricercare il fine della propria esistenza nel piacere, nelle ricchezze e nel potere, con la convinzione che la propria esistenza si sarebbe consumata e goduta nell'arco temporale della vita terrena. Guidati dalla strategia perversa del maligno, per possedere sempre maggiore potere e ricchezze, sono state scatenate guerre mondiali e massacrato interi popoli, e per godere della perversione senza limiti del piacere si sono innalzati falsi idoli e negato ogni morale. Nella folle corsa verso uno sfrenato materialismo e per giustificare ad ogni costo la chimera illusoria di un razionale ed estremo illuminismo, si sono inventate teorie che potessero negare ad ogni costo ed offuscare il messaggio di salvezza dell'Agnello.

Il Signore nell'ultimo secolo, per soccorrere gli uomini nella battaglia contro il Male, ha mandato molti segni perché nel loro libero arbitrio potessero scegliere la via della salvezza. La Madre dell'Agnello è stata messaggera instancabile in ogni parte del mondo per comunicare all'umanità che il tempo del giudizio sarebbe stato vicino e che la salvezza sarebbe stata la fede, il pentimento, la preghiera.

L'ultimo secolo ha visto grandi Uomini Santi, che con l'esempio della loro vita e delle loro opere hanno indicato agli uomini la strada per salvarsi.

Papa Giovanni XIII che ha avuto il compito di abbattere la Babele nella chiesa di Cristo per diffondere un messaggio univoco e comprensibile tra i Cristiani, ma soprattutto di pace e conciliazione verso tutte le religioni della Terra.

Maria Teresa che ha avuto il compito di mostrare all'umanità, come con un corpo gracile, nell'umiltà e nella povertà delle vesti, la grande forza del messaggio d' amore di Dio potesse sconfiggere l'indifferenza e la presunzione, piegare il potere e l'ingiustizia in nome della fratellanza di tutti gli uomini.

Padre Pio che ha mostrato al mondo guarigioni miracolose con la potenza e i segni della fede in Cristo.

Papa Giovanni Paolo II° che ha avuto la missione del viaggiatore per diffondere in tutto il mondo la parola dell'Agnello e preparare nella consapevolezza l'umanità all'ultimo Giudizio."

Ascoltando le sue parole mi venne spontaneo chiedergli chi fosse. " Io sono Esediele e come molti altri miei fratelli sono sulla terra e tra gli uomini da sempre.

Mentre ascoltavo la sua voce vidi affacciarsi dalla strada che costeggia il lato destro della Basilica una folla silenziosa che si avvicinava alla scalinata. Silenziosa da paura per la moltitudine che era. Ogn'uno di loro, con il capo chino, portava tra le mani congiunte a cesto sul ventre delle cose che per lontananza non riuscivo a distinguere.

Esediele si accorse che stavo fissando con curiosità quella folla silenziosa e mi disse: " guarda quella folla di uomini e donne hanno compreso i segni dell'ultimo giudizio ed offrono al Signore quanto di più prezioso hanno posseduto nella vita. Stolti! Non hanno ancora compreso che il Signore avrebbe voluto solo i loro cuori. Non basterà tutta la ricchezza del mondo per evitare il Giudizio dell'Agnello".

Mi fremeva una domanda, che avrei voluto fargli prima di tutte le altre, perché stava parlando di tutto ciò proprio con me che ero un peccatore alla pari e forse più di loro, indicandogli la folla silenziosa. "Perché nel tuo cuore il seme della fede si è mantenuto vivo, e il suo germoglio è cresciuto e si irrobustito da quando non riesci più a frenare la necessità di ripeterti che è l'Agnello di Dio che toglie i peccati del mondo. Percorrerai un viaggio di sette giorni. Vedrai quanto si compirà negli anni delle tribolazioni fino alla fine, prima del giudizio. Avrai visioni terrificanti, ma non dovrai avere paura. Udrai sofferenza e dolore, ma non dovrai avere compassione, perché ciò che sta per avvenire è giusto che avvenga. Il Signore non distruggerà, ma selezionerà il grano dalla gramigna, l'acqua dall'olio, il vino dall'aceto e consegnerà agli uomini giusti un mondo diverso da quello che conoscono: nella pace, nella giustizia, nella vita eterna. Non era certo una promessa dimenticata quando il Signore disse che i Giusti e i puri di cuore erediteranno la terra.

Gli chiesi se stavo sognando, mi rispose " Si! E non ti sveglierai finché non avrai percorso tutto il viaggio dei sette giorni".

Gli chiesi ancora perché mi trovavo proprio a Roma. "Perché Roma è stata scelta dal Signore, già con Pietro, per dare cuore e forza alla divulgazione del messaggio di salvezza dell'Agnello, ma non sarà la Nuova Gerusalemme!"

Mi venne spontaneo chiedergli se sarebbe stata la mia guida nei sette giorni. " No! ti aspetteranno sei compagni di viaggio. Alla fine di ogni giorno ogn'uno di loro ti consegnerà all'altro. Le tue guide ti renderanno facile la comprensione di quello che accadrà."

Distratto dalla folla che si accalcava silenziosa in prossimità dei gradini della Basilica di San Giovanni mi accorsi che Esediele si stava allontanando e dopo poco non riuscivo più a vederlo, malgrado il suo passo lento e misurato.

Mi avvicinai cauto e timoroso a quella folla silenziosa che sostava a pochi metri da me. Toccai con garbo la spalla di una donna che mi stava davanti. Ella si voltò con un scatto di timore e accennò un passo indietro. Mi guardò con occhi smarriti e di paura, ma non parlò. Era vestita da un lato con stracci di fortuna e dall'altro lato con un elegante mezzo cappotto. Aveva un viso per metà curato e liscio e per metà rugoso e cadente. I capelli per metà curati e pettinati, per metà bianchi e crespi. Sotto gli stracci si notava un seno flaccido e cadente, mentre sotto il mezzo cappotto la rotondità di un seno sodo e abbondante. Per un attimo restai impietrito a guardarla, poi le chiesi cosa le fosse successo.

Tra l'imbarazzo e la voglia di confidarsi e condividere il suo dramma mi rispose: " mi chiamo Ines. Quello che mi è accaduto non riesco ancora a spiegarmelo."

Tirò dalla tasca del mezzo cappotto una foto, me la diede e disse: " un mese fa ero così". Presi la foto tra le mani, immortalava una bellissima donna quasi del tutto svestita su uno scoglio di mare con un corpo curato, un seno sodo, fianchi invitanti e una pelle lucida e abbronzata. Subito si accorse del mio stupore perché guardavo la foto ed incredulo alzavo gli occhi su di lei che mi stava di fronte.

"Un lunedì di 14 giorni fa mi svegliai molto tardi dopo una lunga notte trascorsa fino l'alba in diversi locali notturni della città, consumando alcool e facendo del sesso occasionale. Andai in bagno ancora assonnata per svegliarmi con una doccia. Mi fermai un attimo con uno sguardo distratto allo specchio sul lavabo e con stupore e un brivido di paura strozzato dall'incredulità mi accorsi che tutta la parte sinistra del viso si era trasformata rispetto alla parte destra.

Lo zigomo, il labbro e la guancia, tutto solo per metà, si erano completamente sgonfiati e mostravano segni di evidente decadenza , come se in una notte tutte le iniezioni di botulino fossero scomparse. Aprii la vestaglia e vidi il seno sinistro piccolo flaccido e cadente come se la protesi si fosse rotta.

Immediatamente, nel terrore pensai subito di chiamare il mio chirurgo plastico. Insistetti molto prima che mi rispondesse con una voce rotta dall'ansia, dicendomi che non riusciva a capire cosa stesse succedendo, ma che non ero la prima paziente che gli telefonava quella mattina accusando gli stessi sintomi. Mi chiese di arrivare quanto prima in clinica, perché aveva il sospetto che forse gli avevano rifilato una partita di protesi e di botulino scadente. Nella disperazione pensai immediatamente di vestirmi e di arrivare già in mattinata in clinica. Quando cominciai a vestirmi mi accorsi che cercando di indossare indumenti sulla parte sinistra del corpo, non ci riuscivo, quasi che quella parte del corpo con una volontà autonoma dalla mia si rifiutasse. Continuai ad insistere senza riuscirci. Nella disperazione e con l'ansia di arrivare il prima possibile in clinica cominciai a vestire solo la parte destra del corpo e per non lasciare per metà gli indumenti appesi li strappai con la forza della disperazione e della rabbia. Mi misi sulle spalle un plaid leggero, coprii la testa con un foulard e infilati degli occhiali scuri. Uscii in strada per aspettare sull'ingresso del portone il taxi che avevo già chiamato. La strada era intasata di macchine ferme in una fila che non se ne intravedeva il capo sia da una parte che dall'altra. Subito compresi che sarebbe stato inutile aspettare il taxi e mi incamminai con passo svelto verso la fermata del bus, che si trovava poche centinaia di metri sulla parte opposta della strada. Il marciapiedi della fermata del bus era stracolmo di persone in attesa. Trovai lo spazio per salire e guardandomi intorno mi accorsi che non ero la sola ad essere vestita in quel modo alquanto strano. Mi avvicinai ad una signora e le chiesi cosa le fosse successo. Quella mi spiegò, tra le lacrime , quanto già era successo anche me. Stavo impazzendo! Non avevo nessuna voglia di pensare che quanto mi stava succedendo e stava succedendo ad altri non fosse risolvibile. Io avevo la soluzione! Raggiungere al più presto la clinica e il mio chirurgo plastico. Lasciai quella fermata del bus e cominciai frettolosamente a camminare nella direzione della clinica. Sul tragitto notai a distanza una stazione di taxi. Un taxi era fermo e cominciai a correre nella speranza di raggiungerlo prima di altri. Il taxi era vuoto con la portiera dal lato di guida aperta e nessun conducente nelle vicinanze. Rimasi lì in piedi a guardarmi intorno cercando l'autista. Nel frattempo cominciò a piovere. Le gocce di pioggia al contatto della pelle scoperta davano una sensazione di bruciore come se piovesse acido. Per ripararmi salii sul sedile posteriore del taxi aspettando l'autista. Passò del tempo, ma dell'autista nessuna presenza. Notai che le chiavi dell'auto erano appoggiate nel portaoggetti a fianco del volante. Non resistetti oltre. Ridiscesi e salii sul lato di guida. Misi in moto e partii. Non mi sfiorò nemmeno un attimo il pensiero che stavo commettendo un reato appropriandomi indebitamente del taxi pur di arrivare verso la clinica il prima possibile, per avere delle spiegazioni ed avere la soluzione al dramma che stavo vivendo. Non dovevo percorrere molta strada per arrivare in clinica che si trovava in zona Parioli. Lungo il percorso notai sotto i balconi, le tende dei bar e dei negozi gruppi di persone che tentavano di ripararsi dalla pioggia acida , con le mani coperte da bende di fortuna e cercando con queste di coprirsi il viso. Una scena surreale. Quando arrivai in prossimità della clinica non si riusciva più ad andare avanti. Le macchine ferme occupavano tutti gli spazi. Risoluta scesi dal taxi. Cominciai a correre sotto quella pioggia acida verso la clinica tra gli spazi liberi e angusti delle macchine ferme. Il grande cancello d'ingresso della clinica era chiuso. Davanti sostava una folla di donne agitate e vocianti che spingeva per aprirlo. In quel momento compresi che non ero sola con il mio dramma e compresi anche che forse la clinica e il chirurgo non erano la soluzione a quanto mi stava accadendo. Decisi di ritornare a casa ed iniziai a correre, mentre quella pioggia acida continuava a scendere insistentemente. Sentivo il dolore di bruciature sulla pelle scoperta delle gambe ogni volta che i piedi alzavano gli schizzi di acqua delle pozzanghere sull'asfalto. Correvo e piangevo disperata, con la sola voglia di arrivare e chiudermi in casa . Lungo il percorso, davanti alla scalinata di una chiesa, vidi un assembramento di persone ferme. Le porte della chiesa erano spalancate, ma le persone sostavano ferme fuori. Mi fermai in fondo . Cominciai a farmi strada fra quella folla con l'intento di ripararmi in chiesa. Quando finalmente attraversai quella calca di persone e mi trovai a ridosso della prima fila che sostava sulla sommità della scalinata della chiesa, con stupore vidi che le persone che mi stavano davanti non avevano bende o altro per coprirsi dalla pioggia acida. Erano lì ferme sotto quella pioggia, che pareva non li toccasse. Cercai di forzare quell'ultima fila impegnando tutta la forza della disperazione, ma non ci riuscii e mi trovai, non so come, seduta per terra fuori dalla folla che avevo appena attraversato. Come se la Chiesa malgrado aperta non potesse essere il mio rifugio o il riparo di quanti volevano sottrarsi alla sofferenza di quella pioggia che bruciava. Mi alzai e con la rassegnazione dell'impotenza a ciò che mi stava succedendo mi incamminai verso casa. Non avevo più voglia di correre o di difendermi dalla pioggia che continuava a cadere .

Lungo il tragitto verso casa ho ripensato a tutta la mia vita. Un'esistenza consumata a mitizzare e a raggiungere con dolore, fatica e denaro modelli estetici che si sono dissolti in un lunedì mattina di 14 giorni fa. Ora sono qui! Con una parte della mia effimera bellezza, con la mia amata bigiotteria, i miei abiti firmati, con i trucchi, il miei gioielli, tutto il mio denaro, pronta a disfarmene per farmi perdonare di una esistenza sciupata a desiderarli. Spero di essere perdonata, anche se ormai ho compreso che il tempo per essere giudicata è arrivato."

Posato il fardello delle sue ricchezze per terra, spostando con una mano il ciuffo di capelli che nascondeva la fronte, mi mostrò il marchio di una stella nera stampata nel mezzo della fronte. Quando mi avvicinai per osservare meglio quel segno sentii un insistente brusio che si alzava alle mie spalle. Girai lo sguardo per capire da dove arrivasse. Non riuscivo a vedere nulla che potesse causare tale brusio, che aumentava d'intensità. Capii solo la direzione da dove proveniva.

Lasciai Ines e quella folla di persone che sostava davanti alla Basilica e mi diressi verso la fonte del brusio. Mi trovai di fronte ad un ingresso della metropolitana. Avevo la certezza che provenisse dalla parte sottostante l'ingresso della metropolitana e cominciai a percepire che quel brusio assomigliava molto al chiacchiericcio di una moltitudine di persone che aveva deciso di parlarsi sottovoce. Cominciai a scendere le scale dell'ingresso della metro. Non vedevo nessuno. Quando fui sul pianerottolo dell'ultima rampa e svoltai l'angolo per continuare a scendere vidi uomini, donne, giovani e vecchi di ogni razza, tutti in ginocchio che pregavano con lo sguardo rivolto al solaio grigio e fuligginoso della stazione. Le loro preghiere si mischiavano in lingue diverse dando quella percezione di brusio. Quella visione di persone in preghiera così stipate, mi riportò alla mente quelle scene viste nei film di guerra di gente ammassata nei rifugi per salvarsi dai bombardamenti. I corridoi, le scale, le pensiline, i tunnel erano stracolmi di persone che pregavano, imprecavano, piangevano. Quella visione mi impressionò. Avevo necessità di uscire all'aperto. Risalii verso l'uscita e con sollievo rividi il cielo, anche se ancora minaccioso e coperto di nubi.

Aveva smesso di piovere, ma non mi trovavo più, chissà come e perché, in piazza San Giovanni. Riconobbi il luogo, ero in piazza di Spagna. Andai verso la fontana del Tritone per guardarmi intorno. La scalinata di Trinità dei Monti era divelta e a tratti sembrava un lungo scivolo. La piazza era deserta in un assordante silenzio. Sentii in lontananza alla mia destra il rumore degli zoccoli di un cavallo che battevano impazienti sui san pietrini. Stavo rivolto verso Via Condotti. Mi girai verso il rumore degli zoccoli e intravidi in fondo alla piazza un cavallo nero legato ad una classica carrozzella romana per turisti, non si vedeva nessun vetturino. Andai verso la carrozzella e quando fui abbastanza vicino intravidi seduta all'angolo del sedile una sagoma di donna con una veletta scura sul viso e tutta vestita di nero. Spiccava sul vestito, pendente tra i seni, una catena e un grande crocifisso in oro. Continuai ad avanzare lentamente senza mai distogliere lo sguardo dalla donna, che non riuscivo a capire se mi avesse scorto o meno, perché con la testa immobile non aveva dato nessun segno , mentre io mi avvinavo da un lato della carrozza. Quando fui vicino alla portiera, dalla parte opposta rispetto a dove ella era seduta, girò la testa verso di me e con un cenno della mano mi indicò il posto vuoto al suo fianco. Era un invito a salire. Salii senza distoglierle lo sguardo. Non mi venivano parole per rompere quel silenzio. Appena salii, la carrozza senza vetturino, cominciò a muoversi. Si sentiva nella piazza vuota e silenziosa solo il rumore degli zoccoli del cavallo che battevano il selciato con un ritmo cadenzato.

Imboccammo via Condotti. Le facciate dei palazzi che si confrontavano da entrambi i lati della strada erano segnanti da crepe lunghe e profonde con pezzi di intonaco, di muri e di balconi sparsi sulla strada e sugli stretti marciapiedi. Le vetrine erano vuote con i vetri in frantumi e i telai divelti. Alcuni manichini in piedi in quelle vetrine erano completamente spogli e mostravano, nella loro espressione neutra, il capo chino, quasi volessero indossare quell'atmosfera surreale. Non proferimmo parola lungo tutto il percorso di via Condotti. Un silenzio forse voluto per non distrarmi dalla visione di ciò che rimaneva del lussuoso tempio del consumo.

Il cavallo girò senza nessuna esitazione in via del Corso come se avesse una meta precisa già assegnata. Appena imboccata la strada , la mia compagna di viaggio alzò la veletta dal viso e l'appuntò con una spilla ai capelli mostrando un viso bianco e abbagliante con occhi neri e luminosi e uno sguardo sereno e rilassato.

"Sono Sara e ti sto accompagnando ad incontrare la tua prima guida in questo primo giorno. Dovrai essere le orecchie e gli occhi di questo primo giorno e degli altri sei che succederanno. Non dovrai trattenere nessuna domanda o dubbio, perché questo viaggio deve rimanere chiaro e forte nel tuo ricordo."

Le chiesi se sapesse chi ero.

Mi rispose: " so cosa sarai, un monito e un' occasione. Quello che vedrai accadrà e il Signore nella sua infinita benevolenza verso l'uomo attenderà fino al principio del giorno del Giudizio un suo ravvedimento, soprattutto da coloro che nella confusione del dubbio, seminato con inganno dal maligno, hanno fede, ma stanno continuando a perseguire l'illusione del potere e della ricchezza terrena. Il Signore ha concesso all'uomo il libero arbitrio. Per difenderlo dal caos e dalla menzogna del maligno gli ha rivelato le leggi. Per semplificargli il percorso gli ha indicato la strada sacrificando il suo Figlio prediletto e ha atteso con amorevole speranza che l'uomo avesse la volontà di costruire un mondo migliore fatto di Pace, di Amore e di Fratellanza. Ma come ogni buon Padre ha fissato un tempo perché i figli meritevoli non dovessero soffrire all'infinito a causa della prepotenza, dell'arroganza e della violenza dei figli irrimediabilmente perduti. Questo tempo è fissato e si compirà." Il cavallo fermò il passo. Eravamo sulla sommità della piazza antistante il Pantheon. Me lo indicò con un gesto della mano:" Guarda il tempio e la Chiesa. Qui l'uomo siglò, dopo Pietro, la sua prima alleanza tra la Città e Dio. Carri di ossa di martiri hanno purificato il tempio e consacrato la Chiesa al Signore. Quando entrerai, troverai sacro e profano, profumi ed olezzi già separati e marchiati gli uni dagli altri. All'interno della Chiesa ti sta attendendo la tua prima guida," e con un gesto della mano mi indicò di scendere.

Sara rimise la veletta sul viso e la carrozza si allontanò. Scesi verso l'ingresso del Pantheon.

Il fossato antistante il colonnato a tratti era ceduto e dalle lesioni dei cedimenti nauseabondi vapori sulfurei uscivano con rabbia, come fossero state sbuffate di collera che escono dalle narici di un toro imbestialito chiuso in un recinto in una giornata fredda. Passai il colonnato, il portone era spalancato e la luce del giorno segnava sul pavimento del Pantheon un rettangolo lungo oltre la metà del raggio.

Entrai e rimasi a metà del rettangolo di luce. Di fronte vidi un altare illuminato tagliato da una striscia di ombra tra il rettangolo di luce che filtrava dal portone e dalla luce che illuminava l'altare. Girai lo sguardo verso l'alto e mi accorsi che la luce che illuminava l'altare entrava da una grande finestra rotonda posta al centro della sommità della cupola, quasi fosse stato un riflettore volutamente orientato sull'altare. Di fianco l'altare in piedi, fermo sul primo gradino, un uomo. Camminai verso quell'uomo senza rivolgere la sguardo altrove. Mi fermai quasi vicino. Con stupore notai la somiglianza con Esediele: la stessa corporatura, lo stesso sguardo, gli stessi occhi, gli stessi capelli. Solo nell'abito si distingueva. Portava una tunica grigio ghiaccio con un laccio di cuoio nero legato in vita. Appese al laccio scendevano, pendenti sulle cosce, due catene: sulla sinistra una di ferro bruno con all'estremità un ciondolo a forma di stella e sulla destra una catena d'oro con all'estremità un ciondolo a forma di croce. Intimorito dalla sua presenza rimasi in silenzio a fissare quei due ciondoli.

Come se mi avesse letto il pensiero, per rassicurami si presentò.

"Sono Iofiele. Ti è stato già riferito da Sara che ti stavo aspettando?" Gli risposi di si. " Allora qual è il tuo timore? Hai ancora dei dubbi perché stai vivendo questo sogno?" Gli risposi che non mi sembrava affatto un sogno. " Tranquillizzati! è solo un sogno e alla fine del viaggio comunque ti sveglierai nel tuo tempo."

Rimase un attimo in silenzio, poi continuò:" resteremo in questa chiesa fino alle tre e mezza del pomeriggio poi potremo uscire". Gli chiesi perché proprio fino alle tre e mezza del pomeriggio. "Perché alle tre precise di questo pomeriggio la terra tremerà violentemente e il cielo si spegnerà e piangerà fuoco. Questo succederà per cinque giorni alla stessa ora e allo stesso modo, per ricordare all'uomo l'ora dell'ultimo respiro dell'Agnello su questa terra. Ogni essere vivente che si troverà sotto il cielo in quell'ora sarà già giudicato col fuoco."

Alzò la mano e mi indicò la parete a semicerchio alla sua sinistra. Mi girai verso la sua indicazione e in quel semicerchio in penombra si scorgeva un sarcofago lesionato da una crepa che lo divideva in due. Una parte del sarcofago era incrinato ed appeso, con una colonna frantumata sul pavimento. Girai lo sguardo dalla parte opposta e anche in quella parte un sarcofago delle stesse fattezze era danneggiato e aperto in due. Da entrambi uscivano piccoli steli di fumo quasi impercettibili e come se colassero si posavano sul pavimento. Da entrambe le direzioni dove erano posti i sarcofagi, arrivavano folate di odori nauseanti. Invece, da molti buchi del pavimento uscivano gli stessi steli di fumo che diffondevano un intenso profumo d'incenso.

Gli chiesi perché gli stessi fumi avessero un odore diverso. Mi rispose " Le anime dei morti in attesa di giudizio sono state già marchiate. Gli odori ne sono il marchio, mentre per le anime custodite dagli uomini che ancora camminano sulla terra, il marchio che li segnerà sarà impresso sulla loro fronte. Quelli che vedi penzolanti alla mia cintola sono i marchi: la Stella e la Croce. Gli uomini che andranno verso il giudizio con la stella in fronte saranno scacciati dal nuovo mondo, gli altri che avranno il marchio della Croce in fronte saranno coloro che erediteranno la nuova Terra. Le teste marchiate dalla Croce con le anime profumate che risorgeranno saranno solo 12 per 120 milioni su tutta la terra." Sentii tre rintocchi di una campana. La luce che avanzava a striscia dall'ingresso sparì al pari del fascio di luce che illuminava dall'alto l'altare. L'oscurità era diventata padrona incontrastata di ogni spazio prima visibile, solo ombre. La mia guida, ormai una sagoma scura, alzò dalla cintola un pendaglio, ne sentii il rumore della catena, e me lo porse. Lo presi , era il marchio della croce. Lo strinsi forte ed ebbi subito la sensazione che non mi sarebbe successo nulla in quell'oscurità da paura. Un forte boato squarciò il silenzio. La terra tremò con violenti sussulti, come il frenetico inarcarsi della schiena di una partoriente durante il travaglio. I sobbalzi si alternarono a scosse ondulatorie. Sentivo il rumore delle lastre del pavimento della chiesa che si frantumavano ad ogni sobbalzo e lo scricchiolio delle colonne, delle travi e della cupola che gemevano alle scosse ondulatorie. Avevo voglia di chiudere gli occhi e coprirmi il viso in attesa della fine.

Mi arrivò la voce di Iofiele " devi vedere! devi ascoltare senza alcun timore!"

Dall'apertura sulla sommità della cupola a tratti si vedevano i bagliori di fiocchi di fuoco che tracciavano l'oscurità. Dall'entrata della chiesa si intravedevano quei fiocchi di fuoco che poggiavano ancora accesi sulla piazza come tante piccole fiammelle ad olio. Il loro tremolante bagliore entrava dall'ingresso della chiesa dipingendo l'oscurità interna con insicure pennellate di luce gialla. Non so quanto durò tutto questo, ricordo solo che cessò quando la luce del giorno tornò.

Iofiele si mosse verso l'uscita e io lo seguii. Il suo passo leggero sembrava che accarezzasse il pavimento. Usciti sulla piazza, ancora sotto il colonnato, si girò verso di me e disse: " ti mostrerò i palazzi del potere, nei quali l'uomo ha costruito le sue illusioni, ha progettato le sue malvagità, gli intrighi, le corruttele, le menzogne. Li vedrai semidistrutti, vuoti ed abbandonati. Ci sposteremo da un capo all'altro della città. Dovrai, ogni qual volta dovremo spostarci stringere un lembo della mia veste e chiudere gli occhi, perché non ti è concesso comprendere oltre.

Lo feci nella fede di quanto Iofiele mi aveva detto. Afferrai un lembo della veste, chiusi gli occhi e quando gli riaprii ci trovavamo in piazza Montecitorio di fronte alla facciata del palazzo del Parlamento. L'obelisco era per metà caduto, con il puntale e i marmi sparsi sulla piazza. La pavimentazione sembrava una gruviera, con i san pietrini divelti e sparsi alla rinfusa . Il portone centrale in legno era scardinato con i vetri in frantumi. Dalle finestre aperte si intravedevano i tendaggi che ondeggiavano a brandelli, come vele di navi dopo una violenta tempesta. La facciata del palazzo era lesionata e segnata da crepe dalle quali uscivano ed entravano file di scarafaggi. A chiazze sulla parete, fitte macchie grigio-verde di locuste divoravano l'intonaco.

Iofiele mi disse:" ciò che vedi non è casuale, ogni palazzo che l'uomo ha eretto a tempio del potere terreno avrà il suo marchio in relazione a quanto è stato consumato al suo interno. Quei scarafaggi grassi dalla corazza lucida ed elegante subentreranno a chi ha lasciato e saranno i futuri inquilini. Le locuste divoreranno i resti del banchetto che i famelici proprietari hanno lasciato fuggendo. Quei tendaggi a brandelli che svolazzano dalle finestre spalancate rappresentano il vuoto e la decadenza di un nobile palazzo in rovina."

Iofiele si girò verso di me, alzò il braccio destro dal quale penzolava il lembo della manica della tunica e mi disse: di stringerla e di chiudere gli occhi.

Quando li riaprii ci trovavamo davanti alla facciata del palazzo di giustizia. Sulla strada e ai piedi della marmorea scalinata faldoni di archivio erano sparsi ed aperti, con fogli di carta che svolazzavano ad ogni minimo spiro di vento. La strada e la scalinata erano quasi completamente coperte da quei fogli di carta. Il colonnato sulla sinistra dell'entrata principale era completamente distrutto. Tutta quella parte del palazzo mostrava la nudità di una parete affumicata e fuligginosa, come se un incendio l'avesse appena tinteggiata e mostrava un vistoso cedimento delle fondazioni con una larga crepa obliqua che partiva dal tetto e continuava nelle profondità oltre la base del muro del pian terreno. Dalle finestre usciva del fumo denso e nero che saliva verso l'alto accompagnandosi a fogli di carta che uscivano bruciando. Bagliori di fuoco si intravedevano nelle stanze quando il fumo sostava per uscire. L'ingresso centrale del palazzo era aperto con i battenti del grande cancello scardinati e appesi. Sulla piazza si posava lenta la fuliggine della carta consumata dal fuoco e copriva in parte il tappeto di fogli sparsi a terra. Un odore intenso di arso e di fumo copriva come una cappa tutta la zona. Inaspettatamente un abbagliante fulmine squarciò, senza tuono, le nubi e colpì con violenza una quadriga in bronzo posta alla sommità dell'ingresso. L'imponente lampadario dell'ingresso ondeggiò a pendolo e cadde con fragore. Alcune statue poste sulla parete si piegarono dai loro piedistalli in travertino. Le finestre ancora chiuse esplosero in frantumi vomitando all'esterno altra carta incendiata. Iofiele era al mio fianco dava le spalle al ponte sul Tevere e con lo sguardo al pari del mio rivolto verso il palazzo e senza voltarsi verso di me disse: “la comprensione e il perdono sono stati nemici ed esuli in questo palazzo. Le sue stanze hanno custodito e nutrito la presunzione dell'uomo nell'applicare regole e leggi che hanno complicato e confuso la comprensione delle leggi di Dio. La vanità e la presunzione dell'uomo di possedere il potere e di ergersi a giudice infallibile hanno inflitto sofferenza e ingiustizia, segnando e condizionando l'esistenza di moltissimi uomini, i quali si sono consumati nella rabbia di non aver mai visto trionfare la verità e la giustizia. Su questi fogli di carta, che bruciano e sono sparsi su tutta la piazza, sono scritte le falsità e le condanne ingiuste inflitte a quegli uomini . Il fuoco sta purificando queste storie e la rabbia delle raffiche di vento hanno squarciato le cartelle degli archivi e divelto i fogli di condanna, che ora sparpagliati sulla piazza si calpestano come scritti di alcun valore. Quel fumo denso e nero, che viene vomitato da ogni apertura del palazzo, sono: la malafede, la corruzione, la disparità, l'ingiustizia, il servilismo verso i potenti e il denaro, che albergavano ingiudicati nelle sue stanze."

Iofiele alzò il braccio, io ne afferrai la manica e chiusi gli occhi. Quando li riaprii lo sguardo si fermò su una fila di palme poste dietro un lungo muro con la recinzione in ferro, in parte, completamente divelta. Il palazzo che ci stava di fronte era quasi del tutto distrutto. Alcune inferiate in massiccio ferro battuto delle finestre del piano terra erano rimaste appese a pezzi di muro che ne facevano da asta, sembravano bandiere. Ciò che rimaneva dell'ingresso era ostruito da macerie e calcinacci. Dalle aperture a bocche di lupo del piano interrato traboccava del liquido marrone con striature nerastre che colava all'interno delle crepe sul terreno. Queste erano più ampie e profonde rispetto a quelle già viste. Avevano la particolarità che si interrompevano e riprendevano dopo ampi crateri, che a tratti sprigionavano alte fumarole come fossero dei geyser. Il liquido che si versava nelle crepe e nei crateri diffondeva il nauseante puzzo del liquame di fogna, le fumarole un odore di zolfo. Sparsi sulla strada pezzi di banconote sminuzzate a coriandoli. Sulle pozze di liquame, che si erano raccolte davanti e ai lati del palazzo, sciami di insetti alati roteavano sopra con un fastidioso ronzio. Lungo il muro di cinta erano sparse carcasse di uomini e di animali in putrefazione, infestate da insetti intenti a succhiarne il banchetto.

Iofiele mi guardò e disse: " da questo palazzo e da altri simile a questo in tutto il mondo, Statana ha guidato con grande forza la sua azione malefica su tutta l'umanità. Gli uomini si sono prestati e hanno venduto la loro anima a questo disegno strategico del maligno, tradendo il dono della conoscenza del denaro come strumento di carità che Dio aveva concesso al suo popolo. Gli uomini hanno impegnato tutto l'ingegno, che gli era stato donato dal Signore, per costruire sistemi complessi di circolazione del denaro, affinché ne divenisse un'ambita meta di possesso e una imprescindibile necessità esistenziale. Si è attribuita dignità e rispetto al suo possesso e nella foga irrazionale di possederne oltre il necessario, per sentirsi potenti verso i propri simili, gli uomini sono stati capaci di pensare e commettere crimini orribili. Hanno distrutto Nazioni, hanno inventato guerre, soggiogato e affamato popoli, oppresso la libertà, distribuito menzogne e illusioni, commesso efferati omicidi, distrutto e negato legami di sangue, dichiarato il falso, si sono prostituiti, hanno violato l'innocenza e barattato la persecuzione dei figli fedeli dell'Agnello. L'illusione di potenza e potere costruita ad arte e seminata dal maligno sembrava fosse inodore, in realtà ha sempre celato la sua vera natura maligna con il suo insopportabile puzzo di sterco e zolfo, che oggi si sprigiona libero e vero dalle fondamenta di questo palazzo. Per servire il denaro, l'uomo ha costruito e diffuso su tutta la terra grandi e lussuosi templi. Dove con il solo commercio dello stesso senza il sudore del lavoro e della fatica, come una mosca cavallina che succhia il sangue sul dorso di un'affaticata bestia da soma, ha soggiogato, tiranneggiato, ha portato al suicidio e reso infelice l'esistenza dei propri simili. Gli insetti parassiti che stanno ronzando sulle pozze di liquame e banchettando nelle carcasse degli animali e tra i brandelli rabbiosamente dilaniati delle lucide livree e dei cappelli a cilindro che ancora coprono in parte le carcasse consumate dei cadaveri, stanno a rappresentarne il marchio. Quei coriandoli di banconote sparsi sulla strada stanno a rimarcare il declino dell'importanza del denaro e ne stanno evidenziando il suo vero valore, solo comune carta di stampa! Il liquame è l'inchiostro che l'uomo ha usato per sottoscrivere il patto con il maligno per assecondalo nella strategia e nella finalità dell'utilizzo del denaro. Il simbolo della bestia, che l'uomo ha coniato con presunzione di onnipotenza ad idolo da far adorare ai propri simili, è in frantumi, irriconoscibile e senza alcun valore, tra i calcinacci della distruzione."

A queste ultime parole, e seguendo l'indicazione della mano tesa di Iofiele, mi avvicinai ai calcinacci sparsi e notai i resti di un pezzo di quel simbolo che riportava una scritta << noster ordo seculorum>>. La scritta si trovava sopra tre stelle a sei punte, poste sopra la testa di serpenti con le fauci aperte che avvinghiavano una figura geometrica con all'interno un'altra stella a sei punte ed un quadrato. Il resto del marchio non c'era.

La luce del giorno stava scemando. Le prime ombre della sera si allungavano sempre più marcate e insistenti. I lampioni rimanevano spenti e l'oscurità che avanzava non era disturbata da nessun bagliore artificiale. Nel cielo sprazzi di sereno facevano affacciare lo scintillio delle prime stelle, la luna mostrava un quarto del suo volto.

Iofiele mi guardò e disse:" questa giornata volge al termine, però prima di portarti ad incontrare la tua prossima guida, dovrai assistere ad un altro segno del giudizio, quando l'oscurità della notte si diffonderà definitivamente decisa e netta ."

Mi indicò con l'indice della mano destra il cielo. Alzai la testa, ma non riuscivo a notare nessun segno diverso da una normale notte stellata e illuminata da un quarto di luna. Mentre pensavo alla normalità di quella notte, le nubi si diradarono quasi a sparire. La coltre di stelle cominciò ad emettere bagliori sempre più vivi. Il quarto di luna sparì e tutta la superficie lunare in un attimo si illuminò a dispetto dei moti e dei tempi delle leggi della fisica e dell'astronomia. Moltissime stelle emisero una bagliore intenso e si spensero lasciando nel cielo ampi buchi neri. Il cielo sembrava il cuoio capelluto di un uomo non ancora definitivamente calvo. La luna rifletteva un bagliore accecante, quasi solare, però privo di calore. Il bagliore illuminava a giorno la notte con una luce bianca e fredda che mi penetrava fino alle ossa con una sensazione di freddo gelido.

Iofiele comprese il mio disagio e le mie perplessità e mi disse:" ogni notte che verrà fino al giudizio, si vedranno nell'universo sempre meno stelle. La notte precedente il giudizio si spegneranno tutte. La luna rifletterà la luce che hai visto fino a tre notti prima del giorno del giudizio quando si spegnerà al pari delle stelle, perché l'unica luce che dovrà illuminare la Terrà e tutto l'Universo dovrà essere la gloriosa luce dell'Agnello di Dio."

Dopo aver proferito queste parole mi allungò il braccio, io presi la manica della sua tunica e chiusi gli occhi.

SECONDO GIORNO

Quando li riapri era mattino. Eravamo su un'altura da dove si poteva godere un'ampia veduta della città. Non vedevo transitare né macchine, né mezzi pubblici. Tutto sembrava immobile, un fermo irreale in una città di milioni di persone.

Iofiele mi guardò e disse: " io ti lascio qui, non attenderai molto che ti verrà incontro la tua nuova guida." Così dicendo si girò e con passo spedito e sicuro si allontanò fino a sparire.

Mi girai in tutte le direzioni, vedevo solo palazzoni muti, strade, muri in cemento che si arrampicavano sul pendio del colle dove mi trovavo. Il cielo era coperto e l'aria umida. Dall'altura si vedeva un bellissimo tratto di Tevere con i suoi ponti, sembrava fosse un lungo serpente che di dimenava tra le insenature di case e palazzi. A poca distanza da me c'erano tre alberi. Mi avvicinai ad essi. Erano tre alberi da frutto: un fico, un ciliegio e un melo. Il ciliegio era spoglio e mostrava solo i nudi rami. Il melo conservava solo le foglie senza frutti. Il fico aveva ancora dei frutti rinsecchiti appesi senza nessuna foglia. Nello spazio interno delimitato dai tre alberi, un misto di fogliame e frutti marci erano sparpagliati sul terreno. Entrai in quello spazio, mi chinai e raccolsi una mela. Appena chiusi la mano si sgonfiò rilasciando un succo di colore marrone fradicio che mi colò tra le dita. Mi trovai a stringere nella mano solo la buccia e il torsolo. Era visibilmente immangiabile. Ne raccolsi un'altra e alla stessa maniera si sgonfiò.

Guardai tra i rami bassi del fico, ne scorsi uno comodo da raccogliere, lo strappai dal ramo. Era secco e duro come pietra, anch'esso immangiabile. Mi accorsi che calpestando il fogliame, malgrado secco, era appiccicoso, tanto da formare una spessa suola che si sommava a quella delle mie scarpe. Continuai a girami intorno e vidi un uomo che si avvicinava. Gli andai incontro uscendo da quel triangolo di alberi, cercando nel cammino di scuotere e strisciare le scarpe sulla terra per pulirle dal fogliame che si era appiccicato.

Quando fummo uno di fronte all'atro mi accorsi che aveva la stessa corporatura, gli stessi tratti fisici, lo stesso sguardo sia di Esediele che di Iofiele. Aveva nella mano sinistra una verga di ulivo priva di foglie e nell'altra un lungo e nodoso bastone, spoglio della corteccia e imbrunito al fuoco. Vestiva con pantaloni e giacca in velluto a coste strette di colore marrone chiaro, una camicia bianca con colletto alla coreana e indossava un giubbino smanicato di pelle chiara con un collo in pelliccia di montone. Ai piedi calzava degli stivali alti oltre il polpaccio che racchiudevano buona parte dei pantaloni.

Si presentò :" io sono Camaele e sarò la tua guida in questo giorno. Ti mostrerò i segni di ribellione della Natura verso l'uomo. Quello che vedrai non accadrà in un giorno ma sarà la sequela di eventi che si succederanno nel tempo".

Non mi trattenni e gli chiesi perché i frutti di quegli alberi, indicandoglieli, erano immangiabili, e perché il fogliame secco che avrebbe dovuto sbriciolarsi era viscido ed appiccicoso.

Si girò verso gli alberi e disse:" l'uomo non godrà più dei frutti della terra fino al giudizio. La natura dopo aver subito nell'ultimo secolo i più spregevoli maltrattamenti si ribellerà. Tutto ciò che toccherà la terra diventerà all'istante viscido e marcio, cibo solo per insetti e vermi e quello che resterà sui rami non sarà più cibo, perché sarà secco e duro come pietra. La terra, l'acqua, l'aria si rivolteranno contro l'uomo, che patirà la fame, la sete, il freddo e il caldo fino al giorno del Giudizio."

S'incamminò verso l'estremità del colle che affacciava sulla città. Io lo seguii. Si fermò e aspettò finché non fossi giunto al suo fianco.

Con lo sguardo fermo sulla città, che si mostrava al di sotto della nostra veduta, mi disse: " la forza della natura quando si ribellerà sarà violenta e distruttiva. Purtroppo non farà distinzioni, tutti gli esseri viventi la subiranno alla pari."

In quel cielo scuro, gonfio di nubi nere e minacciose si sprigionò un primo fulmine, portandosi dietro il fragore del tuono, poi altri fulmini e tuoni da non contarsi. La pioggia cominciò a scendere copiosa e violenta. Talmente fitta e continua da offuscare del tutto la visibilità, come se fosse sceso un velo tra noi e la città. Smise di piovere nella tarda mattinata, esattamente non so quanto durò quel violento nubifragio. La visione della città dopo quella violenta pioggia era spaventosa. Le strade, le piazze non si distinguevano più. La città dall'alto sembrava un grande acquitrino da dove sbucavano come canneti i palazzi più alti, mentre si affacciavano a pelo d'acqua il colmo dei tetti delle case basse completamente sommerse e pezzi di quartieri che sembravano isolotti circondati da un'acqua di colore fangoso. Macchine, cose, cadaveri di uomini e di animali galleggiavano in quella grande pozza. Il Tevere non aveva più argini e la corrente libera visitava una larga fascia circostante. Ampie e spaventose frane mostravano enormi tagli di nude pareti di terra a strapiombo. I palazzi, ponti e strade sradicati dai pendii erano ammucchiati in macerie alla base di queste pareti. Guardavo con stupore quella visione e compresi la fragilità dell'uomo e delle sue cose rispetto alle forze che può scatenare in pochissimo tempo la natura.

Cominciò a spirare una leggera brezza. Alzai gli occhi al cielo e vidi che le nuvole, leggere come se si fossero svuotate di un pesante fardello, si allontanavano veloci lasciando il cielo terso al sereno. Quella brezza si irrobustì e sempre più insistente e forte si trasformò in un vento violento. La direzione del vento accompagnò il defluire delle acque verso Ovest. Sotto le forti sferzate di quel vento, le acque cominciarono a ritirarsi e a ridare contorno al suolo prima completamente coperto da queste. Gli argini del Tevere ricomparvero mostrando dei suoi ponti solo corti spuntoni ancorati alle sponde, mentre cumuli di fango impastato con macerie, suppellettili e cadaveri riempivano e appianavano i dislivelli dei quartieri. Il vento urlava sempre più forte alzando macabri suoni quando si insinuava nei corridoi trai i palazzi e le strade. La sua forza divenne una furia e cominciò ad alzare dal suolo e sradicare tutto ciò che incontrava. Lampioni, alberi, macchine, cassonetti per immondizia, carte, plastica, antenne, tegole, ogni genere di oggetti e di cadaveri venivano sollevati, danzavano sospesi in alto e poi venivano scaraventati al suolo.

Camaele, che stava al mio fianco immobile , distolse lo sguardo da quella visione, si girò dalla parte opposta e accennò a camminare appoggiando e alzando il bastone ad ogni passo. Dopo pochi metri si fermò e aspettò che lo raggiungessi, mi guardò. Aveva gli occhi gonfi di lacrime tremolanti e ferme ai bordi delle palpebre inferiori.

Con voce strozzata e con tono profondo cominciò a parlarmi: " tutto ciò che è stato creato sulla Terra da Dio è stato consegnato all'uomo perché ne potesse trarre beneficio nel rispetto degli equilibri e del suo ordine naturale. L'uomo ha violentato gli equilibri dell'ordine naturale creato dal Signore, ha iniettato veleni mortali nella terra, nelle acque, nell'aria. Ha provocato l'estinzione di animali e di molte specie vegetali senza averne la necessità, ma solo per crudeltà e il piacere di distruggere. Ha abbattuto foreste e desertificato intere nazioni. Ha prodotto scarti di consumo di ogni genere inquinando acqua , terra e aria. Ha violentato la natura in tutti modi e con tutti mezzi, dimenticando di non esserne il proprietario, ma solo il fattore. Gli equilibri che ha stravolto hanno generato una reazione, una ribellione da parte della natura e tanta amarezza nel Creatore. Gli sconvolgimenti catastrofici che succederanno prima del giudizio serviranno a distruggere e cancellare lo scempio prodotto dall'uomo. Dopo il giudizio, crescerà un nuovo ordine naturale in armonia con gli uomini che erediteranno la nuova terra.

Le mie palpebre gonfie di lacrime sono la compassione che provo per tutti gli esseri viventi innocenti, che non avevano nessuna colpa e che, comunque verranno sacrificati e periranno nelle catastrofi."

Camaele girò il bastone in orizzontale e mi disse: " afferra una parte del bastone e chiudi gli occhi." Capii che dovevamo spostarci da quel luogo. Afferrai la parte del bastone che mi aveva alzato e chiusi gli occhi.

Li riaprii che eravamo seduti su una panca in una piccola chiesa. La chiesa era vuota con pochi banchi e un piccolo altare in marmo antico, semplice e malridotto. Sospeso sopra l'altare e legato ad una catena del soffitto pendeva un grande Crocifisso in legno. Il portone, di legno consumato, era spalancato.

" Sono le tre del pomeriggio, fino alle tre e mezza questo sarà il nostro rifugio." Ricordai quanto mi aveva detto Iofiele nel Pantheon, che per cinque giorni alla stessa ora il cielo si sarebbe spento e avrebbe lacrimato fuoco e che la terrà avrebbe tremato. Mentre ripensavo le parole di Iofiele, l'oscurità cominciò ad avanzare e a coprire tutto ciò che prima era visibile. Un forte boato squarciò il silenzio e iniziarono i sussulti e le scosse ondulatorie del terremoto. Per istinto afferrai un pezzo del bastone di Camaele e lo strinsi . Camaele, comprendendo i miei timori, lo girò in orizzontale e lo pose sulle mie ginocchia e io lo afferrai anche con l'altra mano. Come già era accaduto sulla piazza del Pantheon, sullo spazio antistante la chiesa cominciarono a posarsi numerose piccole lingue di fuoco che tagliavano tremolanti l'oscurità all'interno della Chiesa. Le scosse di terremoto e l'oscurità cessarono quando ritornò la luce del giorno. Camaele si alzò, si inchinò davanti al Crocifisso e si segnò. Io feci altrettanto.

Uscimmo sull'ingresso della chiesa. Era un piccolo rione del centro storico. La piazzetta era quasi rettangolare. Il suo perimetro era definito dalle abitazioni che la contornavano. Le case erano di fattura antica, alte di due e tre piani, con le facciate in mattoni cotti a faccia vista. I portoncini d'ingresso e le finestre dei piani terra erano protette da inferiate in ferro battuto incrociato a disegno romboidale. I muri portanti della case partivano dalle pareti delle chiesetta sia da una parte che dall'altra. Due strette viuzze si aprivano ai lati opposti di un fabbricato di fronte alla chiesa. Affissa sul muro del fabbricato di fronte alla chiesa, sotto il davanzale di una finestra del primo piano e sopra una tettoia in legno di copertura dell'ingresso , imperava orgogliosa una vecchia insegna in lamiera con una scritta sbiadita:

<Antica Trattoria Romana>. I muri delle case e della chiesa portavano il segno dell'altezza del livello che l'acqua aveva raggiunto inondando la piazza. Fango e detriti riempivano la piazza e le strade. L'altezza di quella melma fangosa lambiva il penultimo gradino della scalinata della chiesa.

Una finestra del secondo piano di una abitazione alla nostra sinistra si aprì. Una donna si affacciò timidamente rivolgendo lo sguardo al cielo, poi verso la piazza. Salì sul davanzale della finestra e senza timore si gettò nel vuoto. Sprofondò in quel fango ancora acquoso che ne attutì la caduta. Si alzò che sembrava una statua di creta. Il fango le aveva coperto tutto, i capelli, il viso e il corpo che fuoriusciva dal fango. Voltò lo sguardo verso di noi. Chiesi a Camaele se potevo raggiungerla. Mi rispose: "se senti di andare, vai. Potrai parlarle, ma non potrai aiutarla ne potrai portarla in chiesa". Compresi il monito di Camaele, ma sentivo il desiderio e la curiosità di parlarle. Cominciai a scendere con cautela i gradini della chiesa nella direzione di quella donna, che rimaneva immobile e inebetita. I gradini non si vedevano perché sottostanti il fango, riuscivo solo ad immaginarli ispezionando con i piedi la loro base. Scesi tutta la scalinata della chiesa e con grande fatica cominciai ad avanzare verso la donna camminando in quella melma di fango acquoso. Lei era in piedi a pochi metri da me con le braccia incrociate sul petto e le mani appoggiate sulle spalle, quasi per costruirsi una corazza di protezione. La raggiunsi. Quando le fui vicino, con uno scatto imprevedibile ella si gettò su di me e mi abbracciò come fossi stato un amico o un familiare rivisto dopo una lunga assenza. La scostai con delicatezza per guardarla in viso. Tenendo stretto nel palmo della mano l'estremità della manica destra della mia giacca, le pulii ripetutamente il viso dal fango. Dai lineamenti era una donna adulta, ma ancora giovane. I suoi occhi erano verdi e lucidi di lacrime, le sopracciglia erano chiare, il suo naso era piccolo, le sue labbra proporzionate e sottili, il mento rotondo, e la sua altezza arrivava appena sotto il mio naso. Il suo sguardo era terrorizzato e confuso. Con voce tremante mi parlò: "sono settimane che sono rimasta chiusa in casa da sola. Di tutta la mia famiglia, nessuno è più rientrato a casa da quando è iniziato il nubifragio. La famiglia che abitava al primo piano non è più rincasata. Credo di essere la sola sopravvissuta nel nostro piccolo rione, perché è da settimane che non odo rumori o voci umane. L'acqua e il fango mi hanno sigillato in casa. È venuto a mancare tutto: acqua, energia elettrica, gas, telefono. Sono stata costretta a nutrirmi con tutto ciò che avevo in casa, e con quello che ho trovato nella casa dei condomini sfondando la loro porta, ma da molti giorni non ho più nulla per sfamarmi. Per sopravvivere sono stata costretta a raccogliere l'acqua piovana. La notte si tremava dal freddo e il giorno anche riparandomi nell'ombra si soffocava dal caldo. I primi giorni per ore ho chiesto aiuto gridando la mia presenza, poi ho compreso che sarebbe stato inutile continuare. Ho vissuto le scosse dei terremoti accucciata ed impotente in un angolo di una stanza fissando i muri ondeggiare e il soffitto curvarsi, senza avere la possibilità di scappare per mettermi in salvo. Il mio istinto di sopravvivenza si è arreso e ho pensato di suicidarmi buttandomi dalla finestra, ma come avete potuto constatare non ci sono riuscita. Credo che la mia penitenza sia di continuare a vivere in questa situazione disperata ."

Quella storia mi riportò alla mente le parole di Camaele: " La terra, l'acqua, l'aria si rivolteranno contro l'uomo, che patirà la fame, la sete, il freddo e il caldo fino al giorno del Giudizio." Avevo un forte desiderio di aiutarla, ma la voce di Camaele mi richiamò invitandomi a raggiungerlo. D'istinto abbracciai quella donna per regalarle un attimo di solidarietà umana, la guardai fissa negli occhi lucidi di lacrime e spenti nella speranza, mi girai e risalii la scalinata raggiungendo Camaele che mi riportò all'interno della chiesa.

Mi fece sedere e chinandosi a guardarmi mi disse:" la sofferenza di quella donna ti ha profondamente toccato. È giusto che tu abbia provato compassione e pietà verso un tuo simile che soffre, ma il dolore di questo tempo non potrà più fermare quanto è già stato stabilito, fosse anche il dolore o la sofferenza del giusto o dell'innocente. Quello che è stato stabilito dovrà compiersi fino alla fine ."

Mi alzai, Camaele mi allungò una parte del bastone che strinsi chiudendo gli occhi.

Li riaprii che mi trovavo sullo spuntone di un ponte distrutto, che sembrava un trampolino sul fiume. Di fronte, sulla sinistra della sponda opposta, si distendeva la facciata di un grande fabbricato, alla mia destra il torrione merlato di Castel Sant'Angelo. Sotto, a pochi metri dello spezzone di ponte, il fiume spingeva la corrente con impeto trascinando una schiuma, che quando diminuiva di spessore faceva affiorare sagome di automobili e di cose di ogni genere: cadaveri di animali e di uomini, tronchi e rami di alberi. Lungo l'argine dell'insenatura di fronte si era raccolta un'enorme massa di schiuma e detriti di ogni genere, che si cumulavano e venivano spinti verso l'alto dalla violenza della corrente. Mi girai dalla parte opposta al fiume, oltre la strada si allargava una piazza. Camaele s'incamminò verso la piazza attraversando la strada tra il fango i resti di alberi abbattuti e detriti di costruzioni, io lo seguii. Una targa in marmo su una parete indicava <Piazza Paoli>. Al centro della piazza si apriva Corso Vittorio Emenuele II.

Camaele mi stava davanti e il suo passo era sicuro e lesto, come avesse una meta già precisa da raggiungere. La strada era sgombra, quasi pulita, solo del fango imbrattava a cumuli le insenature degli ingressi delle abitazioni e dei negozi. I muri erano segnati dal punto massimo del livello che l'acqua aveva raggiunto. Sul lato sinistro superammo una chiesa, e poco dopo sulla destra un imponente palazzo. A poca distanza dal palazzo, che avevamo superato, Camaele svoltò a sinistra, attraversò una piazza spostandosi sul lato destro e imboccò una stradina. Non camminammo molto su quella stradina che ci trovammo di fronte un grande spazio aperto sagomato dai palazzi circostanti, sembrava fosse un enorme ferro di cavallo. A pochi metri da noi c'era la vasca di una fontana, spenta e senz'acqua. Riconobbi quella piazza ricordando di averla visitata qualche anno addietro durante una vacanza con i miei figli nel periodo dell'Epifania. Era Piazza Navona. Il pavimento era ricoperto da uno spesso strato di immondizia che al centro si alzava quasi come una collina da dove spuntava sulla sommità il puntale dell'obelisco. Uccelli in picchiata scendevano sulla pattumiera, sostavano e si alzavano portandosi cose nel becco o tra le zampe. Famigliole di ratti e branchi di cani e gatti frugavano tra l'immondizia. Lo stridio di quei volateli indaffarati e il ringhiare delle liti che scoppiavano tra i cani si mischiava al vociare di uomini e donne che scavano sul pendio di quella immonda collina. Un uomo curvo nella ricerca di scatto si alzò e cominciò a correre per allontanarsi dal resto dei cercatori. Stringeva nella mano una bottiglia di plastica. Alcuni se ne accorsero e cominciarono ad inseguirlo per raggiungerlo. Correva come una lepre impaurita inseguita dai cani , saltando e schivando i rifiuti. Di scatto si fermò, forse comprendendo che sarebbe stato comunque raggiunto, stappò la bottiglia e cercò di bere in fretta quanto più liquido possibile. Quando lo raggiunsero e gli presero il bottino, il liquido restante nella bottiglia venne sciupato e versato nella foga di contenderselo, e non soddisfò la necessità di nessuno.

Camaele mi guardò e disse: ". Nell'acqua, la vita sulla terrà è nata e si è evoluta. Il Signore ha impastato l'uomo con l'acqua e gliela concessa abbondante per esistere. L'uomo l'ha sciupata, ne ha offeso il valore, l'ha avvelenata, ne ha distrutto la vita. Arriverà il tempo durante gli anni della tribolazione prima del Giudizio che la vedrà scorrere, ma non potrà berla, la cercherà e se la contenderà con la violenza e l'omicidio, ma non gli basterà per dissetarsi e soffrirà atrocemente la sete."

La luce del giorno accennava a spegnersi, Camaele porgendomi un pezzo del suo bastone disse: " ti accompagnerò e ti consegnerò alla tua prossima Guida". Strinsi il bastone e chiusi gli occhi.

TERZO GIORNO

Era mattino, quando li riaprii. Un vasto territorio alberato ci circondava da ogni parte. Noi eravamo fermi al centro di una piazzetta pavimentata. Ad un angolo di questa, l'asta di una tabella di indicazione sosteneva alla sua sommità una cornice che incastrava una mattonella in marmo con una scritta: <piazzale dei Cavalli Marini>. Sul terreno non c'era vegetazione. Ai margini dei vialetti erano inchiodate delle malinconiche e solitarie panchine. Gli alberi avevano i rami nudi e le foglie morte che coprivano a corona la loro base avevano un colore molto più scuro rispetto al terreno circostante, sembrava che gli stessi fossero sospesi su buchi neri e vuoti. La corteccia dei fusti e dei rami era di colore grigiastro e spento, come se stessero rivestendo fusti e rami agonizzanti o già secchi. Solitari ciuffi di erba secca, come chiazze di peluria sulla pelle di un cane malato di scabbia, punteggiavano solitari la completa nudità del terreno. Camaele mi chiese di aspettare in quel piazzale e lasciandomi si allontanò.

Mi avvicinai ad una panchina e mi sedetti. Oltre gli alberi che avevo di fronte, tra i rami nudi e secchi che intrecciavano e negavano una visuale netta della profondità, percepii, all'altezza di qualche metro da terra, dei leggeri movimenti. Quei movimenti di rami erano quasi impercettibili, ma si notavano perché il resto degli alberi con i loro rami erano spaventosamente immobili. Curioso di capire la causa di quei movimenti mi incamminai con lo sguardo fisso nella loro direzione. Mi trovai di fronte un albero maestosamente grande. Il Tronco aveva una circonferenza che forse neanche tre persone circondandolo a braccia aperte potevano misurare. Per capirne l'altezza sarei dovuto arretrare di molto per allungare la visuale e vederne la cima . Tutti i suoi rami erano coperti e ospitavano uccelli di tutte le specie e di tutte le grandezze. Dai timidi e fragili petti rossi ai grandi rapaci. Malgrado la mia presenza nessuno di essi accennò a lasciare il proprio trespolo. Erano silenziosi e quasi immobili, come se stessero in attesa e non volessero tradire la loro presenza. Solo piccoli scostamenti di posizione facevano oscillare i rami più deboli.

Tra gli alberi alla mia destra notai un uomo che si stava avvicinando. Era alto, magro e con i capelli chiari e lunghi. La sua barba incolta era della lunghezza che non celava comunque la visione del collo. Indossava un jeans e un maglione blu scuro a giro gola dal quale usciva il colletto di una camicia bianca, sopra indossava un giaccone militare color grigio verde. Nella mano destra stringeva una corona con i grani in legno come il crocifisso che pendeva. Ai piedi calzava scarpette ginniche Quando mi fu di fronte, notai la particolarità del colore dei suoi occhi , che erano di un luminoso celeste chiaro. Aveva un'espressione rilassata e il suo sguardo sembrava sorridere.

" Sono Daniele e sarò la tua guida in questo giorno." Subito gli chiesi dove ci trovavamo, perché il terreno era spoglio di vegetazione come fosse stato appena arato in attesa di semina, perchè gli alberi sembravano malati e secchi, e cosa aspettavano tutti quelli uccelli di specie diverse, che nella normalità non avrebbero potuto convivere nello stesso spazio, perché alcuni di essi erano rapaci e altri ambite prede di questi ultimi.

Daniele mi rispose:" ci troviamo in quello che era un grande parco nel centro della città. La terra da madre prosperosa e generosa è diventata sterile. Non partorisce e non allatta più. Tutto ciò che rimarrà sul suolo marcirà, seccherà e si pietrificherà. Gli animali come se avessero compreso che la responsabilità di ciò che gli era stato tolto per sopravvivere fosse colpa dell'uomo, si sono uniti in un patto di non aggressione per nutrirsi solo di carne umana. L'uomo da cacciatore è divenuto preda."

Mi fece cenno di seguirlo e si incamminò sul terreno nudo. Appena incrociammo un viale scese dal terreno e lo seguì. Lungo il percorso,alla nostra sinistra sotto un albero, uccelli, ratti, serpenti, cani, gatti, maiali ed insetti banchettavano sui resti di membra e ossa di un cadavere che sembrava umano. La scena m'inorridì . Daniele guardò quella scena e come se ne comprendesse la ragione, la giudicò con uno sguardo freddo dal quale non traspariva alcuna emozione o sentimento, e continuò a camminare.

Io lo seguii, ma continuando a camminare non riuscivo a trattenere di girare la testa più volte verso quella scena. Lasciammo quel viale e ne percorremmo altri fino ad arrivare ai confini di quel parco. Daniele si fermò un attimo. Di fronte si apriva un ampio spazio. Alla nostra sinistra si alzava a confine di quello spazio un alto muro di cinta in mattoni rossi con aperture ad arco. Di fronte iniziava una strada in discesa. Moltissime automobili erano ferme e abbandonate, alcune ancora con gli sportelli aperti .Lo stato di abbandono era datato dalla vegetazione rampicante che ne iniziava la conquista. Camminammo tra quelle automobili e imboccammo la strada in discesa che avevamo di fronte. Un cartello la indicava in via Veneto. Ci spostammo sul marciapiedi di destra. Sia sulla sede stradale che sui marciapiedi ,il disordine di suppellettili, di automobili di cose di ogni genere ostruiva la maggior parte degli spazi. Ristoranti, bar, gazebi erano chiusi e molti erano con i vetri in frantumi e le vetrine divelte. Maiali, cani, gatti, ratti e serpi uscivano ed entravano dai bar e dalle macchine abbandonate, annusando l'aria alla spasmodica ricerca di cibo. Sulle ringhiere dei balconi, sui davanzali delle finestre, sui rami nudi degli alberi che costeggiavano entrambi i lati della strada, folti stuoli di corvi, gazze e rapaci sostavano allineati come battaglioni di un esercito pronti all'assalto. Dalle crepe della pavimentazione dei marciapiedi e della strada uscivano arbusti e piante rampicanti che iniziavano ad avvolgere tutto ciò che nelle vicinanze era immobile. Percorremmo tutta via Veneto in quell'abbandono e disordine, con animali e piante che spadroneggiavano indisturbati come conquistatori. Un'armata di cani ringhiosi erano fermi davanti ad un ingresso della metropolitana che si trovava sulla nostra destra alla fine della strada e a pochi metri da una grande piazza. L'ingresso era sbarrato da un cancello e i cani, quasi fossero impazziti, a turno si scagliavano contro l'ingresso per tentare di aprirlo, con la stessa aggressività e determinazione di predatori che fiutano la preda davanti all'apertura di una tana. La piazza era spaventosamente deserta e silenziosa, solo macchine e mezzi pubblici in abbandono. Stranamente al centro della piazza c'era una fontana che dava acqua che si raccoglieva in una vasca.

Daniele si accorse del mio stupore e mi disse: " Questa quiete apparente e l'acqua di questa fontana sono un'istintiva e primordiale strategia per attirare le prede. Gli animali sono nascosti ed in agguato, pronti ad aggredire gli uomini che ne volessero far uso o bere. La loro moltitudine e la loro determinazione è così forte che nessun arma può fermarli, e quando attaccheranno lo faranno tutti insieme contemporaneamente sia d'alto che dal basso da rendere inutile qualsiasi tentativo di difesa. Sono divenuti i padroni della libertà degli uomini, i quali stremati si stanno nascondendo, soffrendo la fame e la sete. Coloro che dovessero tentare di procurarsi da bere o da mangiare diventerebbero inesorabilmente prede e cibo. Questo sta accadendo a tutti gli uomini in tutto il mondo ad eccezione di coloro che hanno già il marchio della Croce. "

Daniele riprese il cammino su un lungo viale quasi in discesa. Camminammo su quel viale per un lungo tratto. La scena di desolazione e di disordine che avevamo lasciato in Via Veneto ci accompagnava, con animali padroni indisturbati degli spazi tra le automobili ferme e abbandonate e uccelli che immobili attendevano su trespoli di ringhiere di balconi e su insegne pubblicitarie a bandiera che si affacciavano sulla strada. Quasi alla fine di quel viale svoltammo in una stradina a sinistra. Alla nostra destra ad angolo sulla strada c'era una chiesa, dalla parte opposta sul marciapiedi un edicola quasi completamente distrutta, di fronte subito dopo la chiesa un albergo < Hotel delle Nazioni> . Il portone della chiesa, posto centralmente tra due coppie di colonne, era spalancato. Sovrastante le colonne poggiavano due statue che incorniciavano una grande vetrata centrale. Sopra le statue e i loro basamenti sostavano appollaiati un gran numero di corvi e rapaci. Dalle fessure dell'edicola semidistrutta uscivano ed entravano ratti con pezzi di carta di giornale, che con rabbia aggredivano e strappavano quasi volessero sfogare la delusione di non aver trovato nulla da mangiare. Daniele non accennò a fermarsi, con passo spedito e deciso imboccò la strada e la percorse tutta fino ad arrivare ad una piazzetta. Sulla sinistra della piazza, tra due palazzi si intravedeva un ampio spazio con una fontana appoggiata alla facciata di un palazzo che la sosteneva come fosse una spalliera di un bellissimo letto circolare. Riconobbi la fontana di Trevi.

Daniele si fermò sulla strada di fronte la fontana, io mi fermai al suo fianco. La vasca della fontana, sottostante la nostra posizione, era piena d'acqua. Lo scintillio delle monetine al suo interno mi portò alla mente la tradizione dei turisti di lasciare il ricordo della loro presenza e la speranza di ritornaci. Le strade laterali erano deserte e vuote come tutto lo spazio della piazza. Non si avvertiva nessuna presenza umana o di altro genere.

Una persiana di una finestra del secondo piano di uno stabile alla nostra sinistra si aprì. Non si affacciò nessuno, ma improvvisamente da suo interno venne scaraventato nella direzione della vasca della fontana un secchio legato ad una corda. Il secchio non la raggiunse . La corda, come se fosse rimasta appesa all'oscurità di quell'apertura, venne ritirata con i secchio vuoto e ringhiottito nella finestra. Di nuovo, il secchio venne scaraventato nella direzione della vasca con dentro un oggetto per dargli velocità e precisione, ma neanche questo tentativo portò il risultato di farlo arrivare nell'acqua della vasca. Il rumore della caduta del secchio sul selciato, in quell'assoluto silenzio della piazza, rimbombò. Dall'alto cominciarono ad arrivare stuoli di uccelli, dalle stradine laterali la piazza si sentì il movimento di animali in corsa. In breve tempo tutta la piazza si riempì di animali. Gli uccelli si indirizzarono verso la persiana aperta. Cani, gatti , ratti e rettili verso i portoncini del palazzo da dove era stato scaraventato il secchio. La persiana si richiuse immediatamente, e gli uccelli avendola individuata cominciarono ad artigliarla con rabbia nel tentativo di riaprirla. I cani sotto l'ingresso ringhiavano,latravano e si avventavano contro il portone d'ingresso, i ratti mordevano il secchio e la corda ancora pendente dalla finestra ormai sbarrata. Daniele mi guardò e disse:" l'uomo ha scatenato una violenta reazione della natura verso se stesso, che non si placherà fino al giorno del Giudizio. È divenuto l'unica preda ambita per tutti gli animali, mentre la vegetazione si sta riappropriando degli spazi che l'uomo ha occupato senza averne avuto alcuna necessità."

Dopo avermi parlato mi allungò un pezzo della corona del rosario che stringeva nella mano destra, io la presi e chiusi gli occhi.

Li riaprii dentro una chiesa con una sola navata centrale, che terminava con un bellissimo altare centrale in marmo rosa posto davanti ad un'edicola sacra in bassorilievo color oro protetta da due colonne in marmo della sua stessa altezza. Due file di banchi in legno, spezzati nella continuità da ingressi laterali a delle cappelle situate su entrambi i lati della navata centrale, si allungavano dall'ingresso verso l'altare. Da una di queste cappelle udii delle voci umane. Daniele mi lasciò sull'ingresso, percorse il corridoio della navata e si sedette sul primo banco alla destra dell'altare. Incuriosito da quelle voci mi diressi verso la cappella.

Tre monache una vestita di bianco e le altre due di nero, in ginocchio rivolte verso l'altare della cappella, recitavano il rosario. Sull'altare della cappella al centro della parete un'icona della Madonna. La monaca vestita di bianco, accortasi della mia presenza, si girò verso di me. Si alzò senza mostrare alcun timore. Anche le altre due monache si girarono e si alzarono. La prima mi venne incontro. Notai che non aveva la fascia che di solito le monache portano sulla fronte per nascondere i capelli, ma indossava solo il velo lungo che copriva la testa e le scendeva sulle spalle. Sulla fronte portava il marchio della croce e tra le mani una corona del rosario con i grani in legno, lucidi e consumati dall'uso. Erano tutte tre anziane, di costituzione gracile e con il viso modellato dai segni delle privazioni e di un'esistenza sostenuta dal necessario.

Quando mi fu vicina mi disse: " Figlio! tu non dovresti stare qui! " confuso da quella semplice affermazione gli risposi che non mi trovavo in quel luogo per mia volontà, ma che ero stato portato da Daniele e lo indicai seduto sul banco davanti all'altare. Daniele si accorse del mio imbarazzo si alzò e venne verso di noi. Al suo avvicinarsi le tre suore, come se avessero compreso di trovarsi al cospetto di un superiore, giunsero le mani e chinarono il capo in segno di rispetto e di saluto. Daniele prese il braccio alla suora che gli stava più vicino, la invitò ad alzare il capo e spiegò loro: " non abbiate timore, la sua presenza in questo tempo non è reale. Lui sta sognando questo incontro. Siamo in questa chiesa perché la terrà tremerà alle tre di pomeriggio. Appena il terremoto cesserà usciremo e continueremo il nostro viaggio." E come se le avesse conosciute da sempre, continuò indicandole: " tu sei Giovanna! tu Teresa! e tu Rita!." Tutte e tre intimidite annuirono con il capo. Daniele rivolgendosi a me disse " io ritornerò a sedermi sul banco davanti all'altare, tu puoi rimanere con loro" e si allontanò.

Le tre monache si sedettero su un banco del corridoio centrale di fronte all'ingresso della cappella, io rimasi in piedi di fronte a loro.

Suor Giovanna mi guardò e disse: " Figlio, il Signore sta preparando il giorno del Giudizio, se tu sei in compagnia di Daniele in questo tempo che non è il tuo ci sarà una ragione?" Gli risposi che mi era stato riferito all'inizio del sogno che avrei dovuto vedere, sentire, chiedere e ricordare. La verità o il disegno che guidava questo mio sogno non riuscivo a comprenderlo fino in fondo e che speravo solo di poterlo ricordare lucidamente al risveglio come mi era stato assicurato.

Suor Giovanna mi ascoltava, e come se fosse stata illuminata da un pensiero che gli avesse svelato le ragioni della mia presenza il suo sguardo si illuminò ridente e compiaciuto, simile all'espressione di soddisfazione di un alunno che avesse di colpo intuito la soluzione ad un problema.

Mi disse: "ho capito, tu devi solo vedere, ascoltare e ricordare!." E nell'attesa che accadesse quanto Daniele aveva preannunciato, senza alcuna diffidenza, iniziò a raccontarmi il suo percorso di fede.

"Ho vissuto la mia infanzia in un piccolo paese della Lucania alle pendici del Monte Vulture. La mia famiglia era povera. Mio padre era un contadino e mia madre l'aiutava nel lavoro dei campi. Vivevamo nella zona storica del paese, dove le strade erano talmente strette e le case così vicine da permettere il passaggio solo di bestie da soma. Io ero la maggiore di cinque figli. A pochi metri da casa avevamo una piccola stalla che era il ricovero dell'asino, delle galline e dei conigli. Dopo una giornata di lavoro nei campi, mia madre aveva il compito di accudire le bestie, mentre mio padre, ancora sporco di terra, si sedeva davanti all'uscio e intrecciava cestini fino a che la luce del giorno si spegneva e si accendeva sulla strada una fioca lampadina di un vecchio lampione attaccato alla parete di una casa poco distante dalla nostra. Ricordo che mio padre si arrangiava anche da ciabattino per tutta la famiglia, come mia madre ci cuciva e rattoppava i vestiti. Ho vissuto un'infanzia felice, anche se nelle privazioni. A nove anni mi ammalai di malaria. Stetti molto male. Ho avuto la febbre alta ininterrottamente per sette giorni. La febbre mi aveva indebolita e debilitata a tal punto che i miei genitori pensarono che sarei morta, così chiamarono il prete per darmi l'estrema unzione. Ricordo quella sera, quando il prete se ne andò le donne del vicinato si riunirono a casa davanti al focolare e pregarono insieme a mia madre. I miei fratellini, malgrado piccoli, avvertivano che potevano perdermi e stavano vicino al mio letto silenziosi e tristi. Quella notte feci un sogno bellissimo, una donna mi teneva per mano in un prato con tanti alberi da frutto. Mi indicò uno degli alberi e mi disse di mangiarne il frutto. Lo feci, era una pesca profumata e succosa. Mi svegliai che non era ancora giorno. Mia madre, seduta su una sedia con il capo appoggiato sulle braccia incrociate ad un angolo del mio letto, dormiva. Ero sudata e avevo una gran sete. Mi alzai per andare a bere. Dal movimento del letto mia madre si svegliò, e vedendomi in piedi in camicia da notte e scalza, prese la sua mantella e mi coprì prendendomi in braccio. Mi toccò subito la fronte che era sudata , ma fresca. Non avevo più la febbre. Le raccontai il sogno e mia madre senza parlarmi mi ripose sul letto e s'inginocchiò a mani giunte davanti alla statuina della Madonna che avevamo sul comò. Dopo una settimana dalla mia guarigione mi portò nell'orfanotrofio del paese che era gestito dalle suore. Le religiose, oltre ad accudire gli orfanelli, ospitavano le giovanette che avevano voglia imparare a cucire e a ricamare. Ho frequentato quel luogo per nove anni. Da subito sentii quel luogo ospitale. Quando finivo di ricamare mi fermavo per aiutare le suore ad accudire i bambini, a pulire. Aiutavo in cucina, nell'orto e mi fermavo volentieri con loro nella preghiera. Non sentivo affatto la fatica, anzi ero felice di trascorre il tempo in quel luogo e con i bambini: di asciugare le loro lacrime, di accarezzare e dare sollievo a quei piccoli visi di tristezza. Quando compii 18 anni dissi ai miei genitori che desideravo intensamente diventare suora. Mio padre e mia madre furono felicissimi, i miei fratelli gioirono, ma nel mio cuore compresi che non avrei più goduto del loro affetto e che forse non li avrei più rivisti.

Ho iniziato a viaggiare come missionaria. La mia dimora sono stati gli orfanotrofi, gli ospedali, le baraccopoli delle periferie di grandi metropoli, le capanne di paglia e sterco dell'Africa. Ho visto moltissimi bambini morire di fame, di malattia, di tristezza, ma ho avuto anche la gioia di vederli sorridere, giocare, di sentire le loro carezze, i loro abbracci, i loro baci e di ascoltare la loro innocenza. Nelle loro carezze, i loro abbracci, i loro baci ,la loro innocenza ho incontrato Dio ogni giorno della mia vita.

Qualche settimana fa, ero appena rientrata da una lunga missione in Africa, la madre superiora mi chiese di venire a Roma per partecipare ad una manifestazione del movimento per la lotta contro la fame nel mondo. Accettai con gioia, anche per il desiderio di visitare Roma e la Basilica di San Pietro. Appena arrivata, sistemato il mio bagaglio di poche cose, sentii il desiderio di uscire dal convento nel quale ero ospite. In compagnia del mio rosario iniziai a camminare nella direzione della cupola di San Pietro. Un violento temporale mi sorprese per strada che mi trovavo vicino a questa chiesa. Entrai per ripararmi e vidi altre due sorelle inginocchiate a pregare. Mi fermai nell'ultimo banco. Il temporale però continuò incessantemente per diversi giorni. Vedemmo fiumare di acqua che passavano davanti alla chiesa, che come se avesse degli argini, non riuscivano ad oltrepassarne l'ingresso. Abbiamo avvertito violenti terremoti seguiti da forti venti e uragani senza aver subito alcun danno. Dopo qualche giorno nelle acquasantiere ha cominciato a zampillare acqua, che non si è mai versata oltre i bordi delle stesse. Quell'acqua ci ha dissetato e nutrito. Il terzo giorno del nostro isolamento, mentre stavamo in preghiera nella cappella della Madonna del Pozzo, avvertii un lieve calore in mezzo alla fronte. Mi tolsi il velo e il copricapo e chiesi alle mie sorelle se notassero qualcosa sulla mia fronte. Mi risposero con pacatezza e stupore che avevo una irritazione della pelle a forma di croce al centro della fronte. Non mi dava né bruciore né prurito. Alle mie sorelle apparve lo stesso segno di croce qualche giorno dopo. E da allora e fino ad ora non è mai sparito, anzi è divenuto più netto e marcato. Avevamo compreso che era per volontà del Signore se avessimo trovato rifugio in questa chiesa."

Suor Rita la interruppe dicendo: " il Signore sta preparando il giorno del Giudizio separando il grano dalla gramigna. Io ho incontrato il Signore che non ero più giovane. Non mi sono sposata e ho vissuto con i miei genitori curandoli, finché non sono invecchiati e morti. Alla loro scomparsa ho sentito il desiderio di aiutare altri anziani che conoscevo e che abitavano nel mio stesso rione. Lo facevo con gioia, senza chiedere nulla in cambio. Una vecchia signora, amica di mia madre, organizzò una veglia di preghiera con le sue conoscenti e con alcune religiose. Mi invitò e ci andai. In quell'occasione conobbi suor Paola e cominciai a frequentarla con visite sempre più frequenti al suo monastero. Dopo qualche tempo sentii il desiderio di non ritornare più a casa e chiesi alla mia amica Paola cosa dovevo fare per prendere i voti e diventare suora. Ricordo la sua gioia nel sentirmi fare quella richiesta. Mi aiutò in tutto il mio percorso fino ai voti. Il mio ordine religioso mi destinò in un piccolo convento di un paese dell'entroterra della Calabria. Dopo qualche giorno dal mio arrivo, chiesi alla madre superiora che sentivo la necessità di frequentare ed aiutare gli anziani del paese che erano rimasti soli.

La madre superiora con gioia acconsentì e mi rispose dicendo che nel paese erano rimasti in maggioranza solo vecchi, e che avrei avuto un bel da fare. Dopo qualche anno, come si usa nei piccoli paesi del Sud Italia e forse anche per la mia corporatura stretta e magra, mi soprannominarono la <Furcedda dej viachiiu> (la stampella dei vecchi). La tristezza dei vecchi abbandonati e soli sono stati il faro della mia esistenza. È proprio vero! quando si invecchia si ridiventa bambini ed io nei loro sguardi, nelle loro carezze, nelle loro lamentele, nei loro sproloqui, nelle loro debolezze, nelle loro malattie, nella loro fragilità, nelle loro confidenze, nei loro ricordi, nei loro sfoghi ho incontrato Dio ogni giorno."

Suor Teresa si alzò, mi venne vicino e disse:" Io ho incontrato Dio e ho sentito la sua chiamata dopo che morì mia madre. Era ancora giovane quando si ammalò di leucemia. Mio padre, con il conforto e l'aiuto della famiglia, cominciò un lungo calvario tra gli ospedali e le visite ai santuari. La portò anche a Lourdes ed io ci andai insieme. Ogni momento di quel pellegrinaggio mi rimase impresso lungamente nella memoria. Ad ogni angolo della città vedevo sofferenza, però ad ogni passo di quelle lunghe processioni di malati e dei loro accompagnatori sentivo la forza della preghiera, della speranza e della fede alzarsi e penetrarmi nel cuore, sprigionando forti emozioni e un totale coinvolgimento. Prima di morire, mia madre non riuscì più ad alzarsi dal letto per alcuni mesi. Vedevo il suo viso e il suo corpo consumarsi nella malattia. Tre giorni prima che morisse mi chiese di andare nella chiesa del paese e di pregare per lei. Non volevo lasciarla sola, lei insistette quasi rimproverandomi di non voler esaudire un suo desiderio. Erano passate le cinque di pomeriggio, i fedeli stavano uscendo dalla chiesa dopo la messa che era già stata celebrata. Entrai in chiesa che non c'era più nessuno. Mi inginocchiai e pregai. Non ricordo quanto tempo ho pregato, ricordo solo che tornando a casa la famiglia stava già desinando, e di solito noi desinavamo non prima delle otto di sera. Dopo tre giorni, alle cinque del mattino, mia madre spirò stringendomi la mano e ripetendomi di pregare per lei. Passarono alcuni mesi dalla morte di mia madre. Era la settimana di Pasqua. Il parroco del paese incrociandomi per strada mi fermò dicendomi che non comprendeva perché dopo quella sera non fossi più andata in chiesa. Mi confidò che in quella occasione si trovava ancora in sacrestia, e che colpito dall'intensità con cui pregavo, mi venne vicino e malgrado mi toccò sulla spalla non gli rivolsi nemmeno un cenno. Gli risposi che non ricordavo affatto di averlo visto. La settimana dopo Pasqua, in una visita alla tomba di mia madre, ricordai le sue ultime parole che mi chiedevano di pregare per lei. Sentii il desiderio di farlo ogni giorno. Scoprii che la preghiera mi ristorava dagli affanni quotidiani e mi rasserenava. Compresi che non riuscivo più a farne a meno quando, visitando in ospedale una mia zia sorella di mia madre che aveva subito un intervento al seno sinistro per un nodulo maligno, sentii il forte desiderio di inginocchiarmi a fianco del suo letto e pregare. I medici con le infermiere, che stavano facendo il giro dei pazienti, vedendomi rimasero sulla soglia della porta della stanza dell'ospedale ed si unirono anche loro nella preghiera. Decisi di prendere i voti e di dedicarmi ai malati. Gli ospedali sono diventati la mia casa. Nella malattia ho incontrato Dio, soprattutto quando gli infermi, nel dolore e nella sofferenza della carne, comunque comprendevano che l'amore di Dio non li aveva abbandonati."

Non avevo parole nell'ascoltare quelle storie di vita dedicate al prossimo. Suor Teresa si sedette ed io in piedi non riuscivo a distogliere lo sguardo da loro.

Un sussulto di terremoto mi fece barcollare. Suor Teresa mi tese la mano e io mi sedetti al suo fianco. La luce del giorno scomparve, le cose nella chiesa e i loro volti si accesero sotto il tremolante bagliore fioco delle fiammelle dei ceri votivi davanti agli altari. Le scosse di terremoto e il boato dei sussulti iniziarono ad intensificarsi con una frequenza sempre più rapida, e nell'oscurità esterna si rividero i bagliori delle gocce di fuoco che si posavano sulla strada. Teresa non mi lasciò la mano io gliela strinsi. Il terremoto cessò quando ritornò la luce del giorno.

Daniele, che per tutto il tempo era rimasto seduto in preghiera davanti all'altare centrale, si alzò venne verso di noi. Mi alzai, lasciando le suore sedute sulla panca. Daniele si avvicinò e con una carezza ad ogn'una di loro le salutò con un sorriso. Mi alzò un pezzo della sua corona io la strinsi e chiusi gli occhi.

Li riaprii tra le rovine di una piazza antica. Colonne mozzate ancora in piedi o sdraiate mostravano la decadenza di un luogo abbandonato e depresso. Mozziconi di muro stroncati e archi semidistrutti testimoniavano le rovine di imponenti costruzioni. Dappertutto rovi e erbaccia invadevano imperanti sul suolo, di ciò che un tempo dovevano essere state piazze e strade. Tra le rovine e la vegetazione selvaggia: gatti, cani , grossi ratti di fogna, maiali selvatici, volpi e mustelidi sostavano sui mozziconi di muro e delle colonne spezzate, come fossero vedette di avvistamento, mentre tra la vegetazione bassa si avvertivano dallo sfregolio di rami e il calpestio di foglie secche sul terreno coperto dagli arbusti, presenze che si negavano alla nostra vista. Il ronzio degli insetti era assordante. Sciami di vespe con altri insetti alati fendevano l'aria, come fossero collaudati gruppi di ricognitori, spostandosi con repentine virate . Daniele, che mi stava vicino sulla mia destra, si incamminò in un uno stretto corridoio tra i rovi, io lo segui timoroso, mentre continuavo ad ascoltare i rumori che ci circondavano e ci accompagnavano nel percorso, ma che non riuscivo a vederne le cause. Cominciammo a salire su un cumulo di macerie di cemento armato fino ad arrivare su un'altura da dove si vedeva un pezzo della cupola di San Pietro. Tra le macerie di cemento e ferro delle fondazioni, di ciò che doveva essere un enorme parcheggio, si intravedevano gli archi di grandi gallerie completamente franate e ostruite . Ci fermammo davanti ai resti di una parete di tufo che mostravano l'ingresso di antiche grotte.

Daniele mi guardò e disse: "gli uomini dell'ultimo secolo hanno deturpato e seppellito sotto mostruosi manufatti di cemento il ricordo dei primi martiri della Croce. Mai cimitero fu più caro al Signore, che proprio nelle antiche grotte della prima fede ha destinato il rifugio sicuro ai marchiati dalla croce. In effetti tutti gli animali, incarogniti e famelici alla ricerca di prede umane, non si avvicinavano all'ingresso della grotta. Al lato dell'ingresso, su un pezzo di intonaco antico, vi era l'affresco che raffigurava un uccello di esile aspetto a trespolo su un ramo , colorato nelle piume della coda e sul petto, sembrava stesse lì come guardiano a protezione dell'ingresso alle grotte.

Daniele mi fece cenno di seguirlo e con passo sicuro si incamminò nella grotta. Quando lasciammo la luce esterna alle nostre spalle, cominciai ad intravedere un flebile bagliore che si rifletteva sulla volta della grotta. Stavamo scendendo, e quando più ci avvicinavamo a quella luce maggiore i bagliori si diffondevano sempre più intensi anche sulle pareti. Arrivammo in uno spazio circolare della grotta dove una moltitudine di uomini, donne e bambini sostavano in piedi davanti ad un grande fuoco. Daniele si avvicinò, la folla si aprì e ci fece passare per avvicinarci al fuoco. Tutti stavano in silenzio, anche i bambini ammutolivano.

Daniele si rivolse a loro dicendo: " Voi, che siete stati separati e protetti dal Signore, non abbiate timore alcuno. Dovrete attendere di sostare in queste grotte per 45 giorni, dopo che avrete udito l'urlo di Michele che annuncerà il Giudizio dell'Agnello. Allora vi sarà consentito uscire".

Un bimba ,che abbracciava le gambe della madre con la testa poggiata al suo ventre, guardava dal basso Daniele che parlava. Lasciò la madre e con un scatto andò verso Daniele, che la prese in braccio l'accarezzò e disse: " tutto cambierà, non ci sarà più sospetto, malignità e falsità nel cuore dell'uomo, e come questa bimba, tutti gli uomini che abiteranno la nuova Terra vivranno senza paura del male e nella fiducia verso il prossimo."

La madre della bimba rimase immobile, sorridente e serena, non mostrando alcuna apprensione per il distacco della figlia. Un uomo che fissava intensamente il fuoco , si girò verso Daniele si avvicinò e disse: "io mi chiamo Giacomo, fino a che non mi sono rifugiato in questa grotta, lavoravo come pompiere. Molte volte ho rischiato la mia vita per salvare dal fuoco e da altri pericoli le persone in difficoltà. Sono stato spinto a rifugiarmi in questa grotta come se qualcuno mi avesse guidato, e ci sono arrivato incolume anche se lungo il percorso ho visto la ferocia degli animali e lo strazio di persone aggredite e divorate. Non ho ancora compreso perché sono stato risparmiato rispetto ad atri che come me erano in fuga e alla ricerca di rifugio.

Allora Daniele lo guadò con un sorriso e disse: " chi ha cercato, almeno una volta nella vita, di mettere a repentaglio la propria per salvarne un'altra è benedetto dal Signore, perché chi ama la propria vita la perderà".

Daniele mi alzò la corona, io la presi e chiusi gli occhi.

QUARTO GIORNO

Li riaprii che era mattina e ci trovavamo su una strada che incrociava un grande vialone che era diviso in due carreggiate dai binari del tram. All'angolo sulla nostra sinistra un bar e sulla facciata una targa indicava <viale Regina Margherita> .Sul lato opposto al bar serpeggiava un alto e lungo muro di cinta. Lungo la strada che si allontanava dal vialone, due file di grandi alberi secolari coprivano con l'ombra una moltitudine di gente in piedi, seduta e supina che gridava sofferenza in mezzo a corpi di persone già cadaveri. Ci incamminammo verso la strada alberata costeggiando il muro di cinta tra uomini e donne con vistose ferite e sanguinamenti dalla bocca e dagli occhi, che si dimenavano, piangevano e imprecavano tra il vomito e il sangue che impiastrava gli spazi liberi del terreno. Ci fermammo davanti ad un ingresso ostruito solo da una sbarra abbassata e da un gabbiotto vuoto della sicurezza.

Daniele mi disse:" aspetta la tua prossima guida vicino a questa sbarra" e si allontanò nella direzione opposta all'incrocio con il vialone, scomparendo tra quella moltitudine di persone inferme. Mi girai verso l'ingresso sbarrato e vidi grandi fabbricati color ocra sbiadito divisi da vialetti e stretti percorsi pedonali. Sia i vialetti che lo spazio delle aiuole erano occupati da cadaveri e da persone che gridavano dal dolore, mostrando gli stessi sintomi delle persone fuori l'ingresso. Alcuni di essi correvano impazziti dimenando le mani in alto, altri in piedi immobili e muti fissavano il vuoto. Da dietro un fabbricato si alzava un fumo nerastro di odore acre.

Sentii qualcuno che mi toccò la spalla sinistra. Mi voltai intimorito e vidi un uomo alto con una folta chioma riccioluta e nera, sopraciglia folte e marcate, occhi neri e uno sguardo profondo. Era vestito con un camice medico, ai piedi portava dei sandali e a tracolla uno zaino con una borraccia.

"Sono Raffaele sarò la tua prossima guida. In questo giorno vedrai le conseguenze di grandi catastrofi, la sofferenza, l'agonia e la morte causata dalla presunzione dell'uomo per aver voluto manipolare e deviare artificiosamente l'ordine naturale della creazione. Le pandemie virali, le pestilenze batteriologiche hanno da sempre segnato ciclicamente la storia dell'umanità. Hanno lasciato ferite profonde nella carne e nell'anima dell'uomo. Le cause scatenanti le pandemie del passato non sono mai state particolarmente complesse, e l'uomo le ha sempre superate rafforzandosi nelle sue difese naturali e nella fede. Nell'ultimo secolo tutto è precipitato. Il maligno cogliendo l'occasione di un'evoluzione veloce della conoscenza ha insinuato nell'uomo l'illusione di poter raggiungere una conoscenza infinita, universale. Ha suggerito all'uomo che tale traguardo doveva essere la vera religione, e che la conoscenza non doveva avere limitazioni, perché avrebbe dovuto dimostrare che un Dio creatore dell'universo e dell'uomo stesso non è mai esistito. L'uomo ha perseguito questo fine abiurando l'idea di una conoscenza dono dell'intelligenza, che Dio gli aveva concesso per costruire un mondo migliore nel rispetto della vita e delle leggi della natura. Negando il presupposto della conoscenza come dono di Dio , ha iniziato a teorizzare che il fine della conoscenza poteva e doveva prevaricare ogni limite morale ed etico, anche in dispregio della stessa vita. Così è caduto nella trappola del maligno! che da esperto conoscitore delle debolezze della natura umana , lo ha indotto ad usare la forza della conoscenza anche come strumento di potere,di oppressione e di distruzione. Il Signore, proprio nella fragilità e nella malattia della carne, aveva manifestato all'uomo la sua potenza sulla materia con le guarigioni miracolose operate dal suo Figlio prediletto. Ma la cecità e la presunzione dell' uomo, pur di negare la potenza di Dio sulla materia, ha testardamente rifiutato ogni palese evidenza rivelategli dal Signore, nella convinzione che solo le leggi della scienza potevano giustificare la creazione e l'ordine dell'universo spiegandone ogni causa ed effetto. Quello che ti è dato vedere e udire in questa giornata ti farà comprendere, che quando l'uomo smarrisce i valori della conoscenza, pensando di possederla come fine e non come dono, smarrisce il buon senso, la consapevolezza e la coscienza di usarla con rispetto e umanità. Tutto ciò accadrà negli anni delle tribolazioni che verranno prima del giorno Giudizio."

Raffaele smise di parlarmi, oltrepassò la sbarra e si incammino verso l'ingresso di uno dei tanti palazzi, tutti uguali, tra la moltitudine di cadaveri e di persone sofferenti e in fin di vita. Entrammo facendoci spazio a fatica, perché il corridoio, che si distendeva lungo dopo l'ingresso, era completamente affollato di gente.

Raffaele mi disse di stringere la cinta del suo zaino e di chiudere gli occhi. Quando li riaprii ci trovavamo all'interno una grande stanza con un grande tavolo centrale. La porta di accesso alla stanza era sbarrata e fortificata da un cumulo di mobili accatastati. All'interno donne e uomini in camice bianco, con mascherine antisettiche sulla bocca, confabulavano a crocchi sulle cause e sulle ipotesi di ciò che stava accadendo. Uno di loro, seduto al tavolo grande con il capo chino e le dita aperte a pettine tra i capelli bianchi, piangeva copiosamente in silenzio. Raffaele si avvicinò e si sedette alla sua destra. Gli toccò il braccio. Io rimasi a poca distanza in piedi dietro di loro. Quell'uomo anziano si girò verso Raffaele , e come se fosse stato l'unico ad accorgersi della nostra presenza, capì di avere finalmente l'occasione di sfogare il sentimento di disperazione e di impotenza che stava soffocando nel pianto, ed iniziò a parlarci: " Ho 73 anni ed ho esercitato la professione di medico all'Umberto I° per quasi 45 anni. Sono specializzato in malattie infettive. Tutti coloro che avevano un minimo di cultura scientifica e di buon senso immaginavano che sarebbe stato molto pericoloso modificare geneticamente alcuni virus letali e ,che sarebbe stato impensabile costruire armi chimiche e batteriologiche in assoluta sicurezza, ma nessuna istituzione o studiosi di prestigio si oppose energicamente a fermare questa pazzia, perchè era comune preoccupazione che l'unica minaccia, che avrebbe potuto mettere a rischio l'esistenza dell'umanità, potesse venire solo dall'uso bellico del nucleare. Il potere politico ed economico delle multinazionali e dei grandi laboratori privati di ricerca sovvenzionati dai Governi, ma soprattutto dai dipartimenti delle Forze armate, hanno continuato per decenni ad agire indisturbati tenendo all'oscuro l'opinione pubblica del pianeta sugli sviluppi delle ricerche e degli esperimenti di armi chimiche e batteriologiche, nonché delle modifiche genetiche operate su virus letali. Questa pandemia ,che è esplosa in tutto il mondo, è talmente complessa che non riusciamo a comprendere come sia stato possibile la diffusione e l'aggressione contemporaneamente di più virus e batteri che ha reso impotente la scienza ed inutili le nostre conoscenze. Nelle prime settimane dello sviluppo dei casi di pandemia sono cominciate a circolate vaghe informazioni che il primo focolaio di infezione fosse stato individuato in Olanda, ma non abbiamo mai avuto nessuna conferma dettagliata su cosa fosse successo davvero, come e perché. Si ipotizzava che alcuni laboratori privati, coinvolti in gravi incidenti, pur di non assumere responsabilità e conseguenze, volutamente avevano tentano di mentire e di ritardare la diffusione di notizie reali. Anche alcune Istituzioni pubbliche ,che da sempre avevano politicamente la tendenza a non allarmare l'opinione pubblica, hanno taciuto sperando di arginare il problema. Purtroppo così non è stato, perché occultando la verità e ritardando la diffusione di informazioni vere, alcune Nazioni, che avevano dei conflitti in atto, non avendo conoscenza delle cause che stavano falcidiando le loro popolazioni, e credendo di essere stati attaccati con armi chimiche e batteriologiche, hanno prontamente reagito in controffensiva con le stesse armi. In pochissimo tempo le reazioni a catena sono state così convulse e isteriche che l'intero pianeta è stato colpito dalle conseguenze dell'uso delle armi chimiche e batteriologiche, oltre che dalla diffusione dei virus geneticamente modificati. La chiusura delle frontiere ai trasporti e agli scambi commerciali, come provvedimenti per arginare la pandemia, non hanno avuto nessun effetto. La diffusione è stata inarrestabile e veloce in tutto il pianeta, provocando la morte di miliardi di persone. E' possibile immaginare quello che sta succedendo in tutto il mondo paragonando e moltiplicando ciò che sta avvenendo in questo ospedale e in questa città. In poche settimane abbiamo riempito interi padiglioni di cadaveri che stiamo provvedendo a bruciare senza sosta, accatastandoli negli spazi esterni, ma la quantità di decessi giornalieri è talmente elevata che abbiamo bisogno sempre di nuovi spazi esterni per accatastare e bruciare i cadaveri. In tutta la città, per le strade, sui marciapiedi, nelle campagne, nelle case, milioni di persone sono già morte o stanno morendo. La città è diventata un cimitero a cielo aperto di cadaveri insepolti. Squadre di uomini, con tute di protezione antibatteriche al seguito di autobotti di carburante, stanno cospargendo i cadaveri per bruciarli sul posto, e stanno lasciando all'ingresso di ogni palazzo taniche di carburante per far bruciare i corpi deceduti nelle abitazioni. L'ordine sociale, politico ed economico è completamente saltato. Chi ancora non è stato contaminato è libero di agire senza più alcuna regola se non quella di perseguire il fine della sopravvivenza ad ogni costo e con ogni mezzo. Dopo qualche settimana ho cominciato a riflettere su alcune anomalie che ho avuto modo di osservare in tutti i malati . Appena contraevano la malattia, sulla fronte degli infettati si formava una lieve escrescenza come se fosse un neo. Nel decorso di aggravamento della malattia il neo si ingrandiva e formava una escrescenza con i contorni sempre più marcati. Quando i contorni di questa escrescenza diventavano nitidi formando una stella e il suo colore si marcava di un nero scuro i malati morivano. Tutti i malati indistintamente presentavano lo stesso decorso e lo stesso neo a forma di stella, come se la pandemia avesse scelto un marchio per identificarsi. Molti di noi, malgrado non avessimo mai preso precauzioni particolari per evitare il contagio durante le visite agli infetti, non ci siamo ammalati. All'inizio abbiamo creduto che potessimo avere sviluppato degli anticorpi particolari per combattere i virus. Ci siamo segregati per settimane in laboratorio, cercando di capire come poter individuare ed isolare eventuali anticorpi, quindi creare un vaccino per combattere i virus, ma i risultati ci davano che non avevamo sviluppato nessun particolare anticorpo, semplicemente perché non c'era la presenza di nessun virus nel nostro sangue. Qualche giorno addietro, dopo aver lavorato di continuo per tre giorni e tre notti, entrai in questa stanza e sentii la necessità di appoggiare la testa sulla scrivania per qualche minuto di riposo. Mi addormentai profondamente e feci un sogno particolarmente strano. Nel sogno mi trovavo in una stanza dell'ospedale, nel mio reparto di malattie infettive con alcuni miei colleghi, tra i malati sofferenti e i corpi di coloro che erano già deceduti. Con stupore vidi che i miei colleghi ed io stesso eravamo avvolti, quasi a protezione, da un aura che veniva attaccata dall'esterno da un numero impressionante di particelle, che si distruggevano al solo contatto con questa. Mi svegliai. Quel sogno mi aveva talmente impressionato che sentii il bisogno di condividerlo. Mi feci coraggio, avvicinai uno dei miei colleghi che ricordavo essere presente nel mio sogno e glie lo raccontai. Ebbe una reazione di stupore, confidandomi di avere fatto lo stesso sogno. Allora cominciai comprendere e a maturare la convinzione che non avremmo mai trovato rimedio o vaccino per sconfiggere la pandemia, perché quanto stava accadendo non era casualità o incidente umano, ma il disegno e la volontà del Creatore."

Raffaele che era seduto alla sua destra gli mise la mano sul braccio come gesto di amicizia, lo guardò fisso e con l'altra mano gli porse un fazzoletto. Il medico prese il fazzoletto e iniziò ad asciugarsi il viso dalle lacrime.

Raffaele continuò a guardarlo e accennandogli un sorriso tranquillizzante gli disse:" Matteo io ti conosco, come conosco tutti i tuoi colleghi che hanno intrapreso la professione di medico con il solo obiettivo e la volontà di perseguire la conoscenza per sanare e alleviare le sofferenze dei propri simili. Conosco il vostro sacrificio, i vostri scopi e come avete dedicato il vostro tempo conservando vivo lo spirito della vostra missione. Questo è il tempo in cui il Signore miete la gramigna, perché il grano possa continuare ad alzarsi dal terreno e crescere libero e sano. Matteo! la conoscenza è un dono del Signore e sarà per sempre uno strumento di pace e di benessere senza alcun altro fine nel nuovo mondo." Raffaele si alzò, accarezzò affettuosamente la folta chioma bianca del medico in segno di saluto, mi porse la cinta dello zaino io l'afferrai e chiusi gli occhi.

Li riaprii tra gli schiamazzi e le risate gioiose di bambini che giocavano e rincorrevano un uomo che indossava il camice bianco, una parrucca riccioluta e bionda, il naso finto color rosso e il viso dipinto da clown.

Eravamo nell'atrio di accettazione di in un reparto dell'ospedale. Su un targa in alluminio, penzolante dal soffitto vicino all'ingresso, era scritto < Reparto di Oncologia Pediatrica>. Dalle stanze di degenza e lungo il corridoio si intravedevano altri uomini e donne travestiti da clown che rincorrevano tra le grida giocose i bambini in pigiama. Raffaele allargò un sorriso compiaciuto nel vedere quelle scene di allegria, allungò la mano e accarezzò il capo calvo, segnato da una lunga cicatrice, di un bimbo piccolo che gli passò vicino. Il medico, che si trovava nell'atrio, dopo aver completato la parte scenica del clown, con posture buffe e espressioni ridicole tra l'ilarità dei bambini, ansimando si sedette su un divanetto di attesa di fronte al banco dell'accettazione che si trovava a poca distanza da noi. Si tolse la parrucca e rivolgendosi a noi che gli stavamo in piedi di fronte, con un sorriso di gioia quasi infantile e tentennando la testa con una'espressione di incredulità, cominciò a parlarci:" In questo ospedale pediatrico è successo qualcosa di inspiegabile, di meraviglioso, direi miracoloso. Fuori da questo ospedale , la malattia, la sofferenza, il dolore e la morte si incontra ovunque, in questo ospedale la malattia ,il dolore e la morte sono sparite come d'incanto." Rivolgendosi a quel bimbo, che poco prima Raffaele aveva accarezzato il capo calvo e ferito, lo chiamò: " Giuseppe vieni, avvicinati." Il bambino senza alcuna titubanza gli corse fra le gambe. Il medico lo alzò, lo pose sulle ginocchia e lo strinse al petto. "Giuseppe come ti senti? Ti fa ancora tanto male la testa?" il bambino lo guardò, scosse il capo e disse di no, poi ripiegò la sua testa calva sul petto del medico.

"Giuseppe ha 4 anni. Sei mesi fa lo ricoverammo per un tumore al cervello. La massa tumorale aveva dimensioni tali che gli comprimeva il cervello procurandogli forti dolori e frequenti crisi epilettiche con perdite di conoscenza. Non c'erano altre soluzioni che operarlo d'urgenza. All'esame istologico, il tessuto asportato nell'intervento chirurgico, era di natura maligna. Subito dopo l'intervento iniziammo il primo ciclo di chemio terapia. Ogni giorno durante le visite, il suo sguardo spento , la sua espressione muta, e le palesi sofferenze procurate dalla chemio terapia, mi scombussolavano l'anima. Non riuscivo più a reggere quello sguardo e decisi per qualche giorno di farmi sostituire da un collega. Non riuscivo a comprendere cosa mi stesse succedendo, eppure nella mia professione di medico in pediatria oncologica di casi simili a quello di Giuseppe ne avevo visti tanti, anzi troppi. Una sera, a casa, vidi un servizio televisivo nel quale si parlava della terapia del sorriso come palliativo alle sofferenze dei bambini ricoverati negli ospedali pediatrici. Ebbi come una folgorazione. La mattina mi presentai in ospedale truccato da clown tra gli sguardi increduli e meravigliati dei miei colleghi. Quella mattina iniziai le visite partendo dal letto di Giuseppe. Successe una cosa meravigliosa. Giuseppe appena mi vide allargò il sorriso, chiuse gli occhi e con uno scatto mi abbracciò. Fu il giorno più bello della mia vita sentire l'abbraccio di Giuseppe, vedere il suo sorriso e riscoprire nel suo sguardo la speranza. I miei colleghi, le infermiere furono toccati dall'intensità di quel gesto e compresero, che truccarsi da clown per far accendere il sorriso ad un bambino che soffre, non metteva assolutamente in discussione la dignità o la professionalità di chi operava come medico o come infermiere. Da quel giorno tutti gli operatori sanitari, compreso gli addetti alle pulizie, durante la giornata a turno cominciarono a truccarsi da clown o con maschere che rappresentavano i personaggi delle favole per bambini. Avevo riacquistato la forza di incrociare lo sguardo di Giuseppe e avvertivo che gli avevo acceso la speranza e la fiducia in ciò che gli stavo facendo per curarlo, anche se il dolore comunque continuava procurargli sofferenza. Ma la chemio non dava esiti positivi e il tumore aveva cominciato a ricrescere in un'altra zona del cervello con metastasi che stavano estendendosi. Dall'evoluzione della malattia sapevo che Giuseppe sarebbe morto, come sapevo che il tempo che gli rimaneva da vivere sarebbe stato solo di qualche mese. Quando cominciò a diffondersi la pandemia virale, mia moglie si infettò e morì in pochi giorni. Allora con alcuni colleghi ci organizzammo per rimanere giorno e notte in ospedale, preoccupati di proteggere ed aiutare i nostri bambini già sofferenti in caso di contagio. Ci accorgemmo dopo qualche settimana che nessuno dei nostri piccoli pazienti era stato contagiato, ma che al contrario tutti mostravano evidenti segni di miglioramento dalle malattie di cui soffrivano.

Lo stesso Giuseppe, prima che scoppiasse la pandemia, si era aggravato e non dava speranza di ripresa. Ricordo di aver vissuto ogni giorno di quelle settimane con l'angoscia nel cuore e il timore perderlo in qualsiasi momento. Dopo qualche settimana dal propagarsi della pandemia, tutti i bambini e anche Giuseppe mostravano segni ancora più evidenti di miglioramento. Decisi di fare a Giuseppe una tac di controllo e scoprii che il tumore era sparito, come a tutti gli altri bambini ricoverati. Potete immaginare la nostra felicità nel rivederli correre, ridere e giocare. È successo qualcosa di incredibile, di inspiegabile, come se la sofferenza e la morte, che stava devastando la città, fosse stata chiusa fuori da questo ospedale e non le fosse stato dato il permesso di entrare. Mentre, nel contempo, all'interno dell'ospedale la vita era rifiorita sana, forte e gioiosa."

Raffaele, che durante il racconto del medico era stato in piedi ad ascoltarlo, si sedette al suo fianco sul divanetto, io rimasi in piedi. Continuò a guardarlo con il sorriso che non aveva mai smesso di avere anche durante il racconto del medico, e con voce serena gli disse: " Paolo, il tuo cuore e il cuore dei tuoi colleghi che hanno ritrovato l'innocenza e la semplicità del bambino vi ha salvato. Il Signore ama l'innocenza dei bambini! Sono i suoi prediletti! Tutti i bambini del mondo e tutti gli adulti che hanno saputo custodire la semplicità e l'innocenza del cuore di un bambino sono stati già giudicati, e saranno salvi nel giorno del Giudizio che verrà."

Giuseppe saltò dalle ginocchia del medico e cominciò a correre. Il medico rimessosi la parrucca bionda e riccioluta da Clown si alzò e lo rincorse lungo il corridoio, tra le risate e gli schiamazzi degli altri bimbi e dei colleghi clown. Raffaele si alzò mi porse la cinta dello zaino, io la strinsi e chiusi gli occhi.

Li riaprii che era di primo pomeriggio in una piccola chiesetta. Una cappella molto angusta e spartana, con solo 4 povere panche polverose e prive di schienale e un altare semplice con evidenti segni di abbandono. Poggiato sull'altare un Crocifisso impolverato, con ragnatele che partivano dalle braccia della croce e si agganciavano alla base del piano dell'altare. Dietro l'altare, quasi a toccare il soffitto, c'era una piccola finestra centrale chiusa con i vetri appannati dalla polvere e dallo sporco. Sulle pareti laterali due stampe sbiadite raffiguravano: una la Madonna e l'altra un monaco sorridente con una scritta sotto che ne indicava il nome, <Sant'Arbaltino>. Appoggiati sul pavimento l'involucro vuoto di lumini votivi consumati. Ai due lati opposti dell'altare due mozziconi di candele spente poggiavano su una larga base di cera colata. La porta della piccola cappella era aperta su un lungo e largo corridoio tinteggiato di un malinconico bianco affumicato dal chiuso e dall'umidità. Raffaele si avvicinò all'altare, accese le due candele e si sedette sulla prima panca. Gli sedetti a fianco.

Cominciò a parlarmi:" questo luogo angusto, abbandonato da anni, è stato per decenni la cappella di un manicomio. Questo sarà il nostro rifugio." Capii che di li a poco si sarebbe ripetuto quanto avevo già avuto modo di vedere e sentire nelle giornate precedenti alle tre di pomeriggio. Nell'attesa, presi e strinsi la cinta dello zaino di Raffaele. Tutto si ripeté come nelle occasioni precedenti. La luce del giorno si spense, tutto cominciò a tremare con forti boati e dalla piccola finestrella si intravidero nell'oscurità del cielo scie luminose della pioggia di fuoco. Quando tutto finì , tornò la luce del giorno. Raffaele allora si alzò, si inchinò davanti al Crocifisso, si segnò. Io feci altrettanto.

Uscimmo nel corridoio. L'intonaco delle pareti a tratti era segnato da striature ad altezza d'uomo che sembravano graffi di rabbia. Lungo tutto il lato destro c'erano una fila di finestre chiuse, protette da inferriate di ferro che si affacciavano su un cortile senza alberi. Il cortile era grigio, vuoto e arredato solo con 4 malinconiche panchine in ferro arrugginito. Sul lato sinistro del corridoio si distendevano una fila di stanze. Raffaele si fermò a metà del corridoio davanti ad una porta aperta ed entrò nella stanza, io lo seguii. La stanza era vuota, priva di arredi e con le pareti per metà altezza tappezzate di stoffa imbottita, sporca di macchie e in molti punti lacerata con fibre di imbottitura penzolanti. La parete di fronte l'ingresso aveva due grandi finestre chiuse, anch'esse protette da inferriate di ferro. Nello spazio di parete tra le finestre, a metà altezza, era affisso un Crocifisso. Raffaele si fermò nel mezzo dello stanzone di fronte al Crocifisso e fissandolo con sguardo amorevole e voce commossa disse:"Signore, in queste stanze, dove uomini e donne dichiarati pazzi sono stati crudelmente isolati, abbandonati, incompresi, torturati con esperimenti disumani, solo la Tua pietà, la Tua presenza fraterna hanno alleviato la loro sofferenza e tenuto accesa la loro speranza ."

Poi Raffaele rivolgendosi a me continuò:"Molti uomini e donne in queste stanze sono stati detenuti a vita, alcuni col solo fine di negare loro ogni diritto giuridico per defraudarli di ogni bene, ma non erano pazzi, proprio in queste stanze lo sono diventati nella ossessione di aver subito la più crudele delle ingiustizie umane, quella di sentirsi colpevoli senza comprenderne la colpa! La pazzia non è mai stata una malattia, anche se la scienza dell'uomo ha disperatamente tentato di codificarla tale. La pazzia fa parte della fragilità ed imperfezione della natura stessa dell'uomo. È lo stato di un costante e fragile equilibrio in bilico su un crinale della mente tra il sogno, il genio e l'accettazione incondizionata delle regole stabilite da una ragione sociale."

Uscimmo dalla stanza e dopo aver attraversato cancelli e porte blindate raggiungemmo l'uscita del manicomio. Questo era un complesso isolato nella campagna. Nei dintorni non vi era abitazione o altro manufatto umano.

Ci incamminammo su una strada in terra battuta che costeggiava l'ingresso. Non riuscivo ancora a comprendere perché mi aveva portato proprio in quel luogo e glielo chiesi. Raffaele mi rispose:" ho inteso portarti a rifugiarti in quella piccola e semplice cappella di un manicomio abbandonato, perché in quel luogo la pietà e l'amore del Signore è stato incessantemente presente, intensamente avvertita, semplicemente accettata . Solo nella fede e quando si supera il conflitto tra ragione e cuore, il Signore dona la pace dello spirito. Gli uomini che hanno saputo guardarsi dentro, scoprire la semplicità della vita e sentito il desiderio di estraniarsi dalla fredda realtà codificata solo dalla ragione sociale, sono sempre stati giudicati folli. Coloro che li hanno giudicati non hanno mai compreso che è proprio la via del cuore e non della mente che porta alla salvezza dell'anima. In quell'ospedale e in tanti altri in tutto il mondo, le anime che sono state forzatamente rinchiuse sono già state giudicate salve per aver scoperto e vissuto nella semplicità dello spirito."

Continuammo a camminare, ma non riuscivo a capire perché per spostarci Raffaele non mi avesse chiesto di stringere la cinta dello zaino. Lo compresi di li a poco quando superammo le mura di cinta del manicomio. Vidi nei campi cumuli di carcasse di animali che bruciavano rilasciando nell'aria un odore acre.

In lontananza un grande mezzo di trasporto scaricava la stessa macabra merce, che una pala meccanica raccoglieva e accatastava.

Raffaele si fermò sul ciglio della strada di fronte alla pira che bruciava e guardandomi mi disse: " la pandemia virale che devasterà l'umanità infetterà anche gli animali. Non verranno tutti distrutti e non ci sarà l'estinzione di nessuna specie, periranno solo gli animali allevati in condizioni innaturali dall'uomo e tutte le specie che sono state corrotte nella loro natura dal cibo e dall'ambiente che l'uomo ha imposto ad essi fuori dall'ordine naturale. Il Signore conserverà ogni specie del regno animale nel nuovo mondo, dove verrà ristabilito un equilibrio di convivenza con l'uomo e le sue necessità." La luce del giorno si stava spegnendo e le prime ombre della sera avanzavano. Raffaele mi porse la cinta dello zaino, io la strinsi e chiusi gli occhi.

QUINTO GIORNO

Quando li riaprii il cielo era coperto e scuro. Eravamo su un rialzo del terreno, quasi una piccola collinetta con intorno degli alberi. Sotto di noi una lunga e larga strada di asfalto si distendeva su ambo i lati. Raffaele scese sulla strada e si fermò sul marciapiedi, io lo seguii. Oltre la strada, di fronte a noi si ergeva imponente il Colosseo.

Raffaele mi disse:" ti lascio ad aspettare qui la tua prossima guida." e si allontanò.

Ero rimasto fermo e solo vicino ad un palina in ferro che reggeva l'insegna di una fermata dei bus. Nell'attesa mi ero piegato a raccogliere da terra un biglietto usato del bus, quando vidi di fronte un uomo avvicinarsi.

Era un uomo alto, robusto, capelli biondi e lunghi che toccavano le spalle. Aveva uno sguardo fiero e severo. Era vestito con una tuta intera di color grigio alluminio chiusa da una lunga cerniera lampo e calzava dei scarponcini dello stesso colore della tuta. Sulla vita indossava una cintura nera alla quale era attaccato un fodero lucente con dentro una spada dall'impugnatura in oro. Al collo portava una catena d'oro con una croce.

Si presentò: " sono Uriele e sarò la tua guida in questo giorno." La sua voce era possente e sicura. Mi venne spontaneo chiedergli perché mi trovavo proprio in quel luogo.

Lui mi rispose senza alcuna esitazione. "In questo giorno ti sarà dato vedere alcuni eventi catastrofici che si succederanno negli anni della tribolazione prima del Giudizio.

I vulcani sulla terra e nei mari si risveglieranno. Violenti terremoti distruggeranno e devasteranno ogni manufatto umano. Grandi maremoti si alzeranno su gran parte dei continenti e in parte li sommergeranno per sempre. Cenere e polvere vulcanica oscureranno i cieli e l'umanità vivrà nell'oscurità per molto tempo. La civiltà dell'uomo ritornerà alle origini, nelle grotte e negli anfratti della terra."

Appena finì di parlare sentii un fortissimo boato seguito da una violenta scossa di terremoto che sollevò la terra, poi si susseguirono continui sussulti e scosse sempre più forti. Il Colosseo, che ci stava di fronte , si sgretolò come fosse stato un castello di sabbia. I grandi blocchi di pietra e gli archi in parte si accatastarono e riempirono ogni spazio limitrofo, in parte furono inghiottiti da una grande voragine che si aprì nelle fondamenta.

I palazzi intorno si sbriciolarono, come se fossero stati edificati con carta. Una nuvola di polvere si alzò fitta nascondendo tutto ciò che prima era visibile. Uriele al mio fianco non accennò nessun gesto di timore.

Si voltò verso di me e disse: "L'uomo ha sempre cercato l'immortalità riponendo questa sua aspirazione nella costruzione di opere di imponenti dimensioni e robustezza, affinché potessero sconfiggere il tempo e testimoniare in eterno il suo passaggio. La stoltezza è stata di cercare l'immortalità nel dominio della materia, non comprendendo la più semplice delle verità, che solo l'anima e l'arte, come espressione creativa della stessa, possono resistere al tempo e rendere l'uomo immortale. Queste grandi costruzioni, che hai visto sbriciolarsi facilmente, non hanno mai goduto della compiacenza del Signore, perché per edificarle l'uomo ha abusato dei propri simili impastandole con il pianto della schiavitù, il sudore dello sfruttamento, e il sacrificio del sangue. La religione dell'uomo di dare sovranità alla materia sullo spirito verrà rasa al suolo, perché tutto possa essere ricostruito in un nuovo armonioso ordine." Pensando alla Basilica di San Pietro, gli chiesi se indistintamente tutto sarebbe stato distrutto. Uriele come se mi avesse letto nella mente mi rispose: "saranno risparmiate molte opere erette dall'uomo a testimonianza della propria fede e devozione verso Signore. Verranno anche risparmiate molte opere edificate dall'uomo per amore di carità verso i propri simili."

L'aria era divenuta irrespirabile dalla densità della polvere che si era alzata dalle macerie. Uriele sollevò il fodero della spada e me lo porse. Io lo afferrai e chiusi gli occhi.

Li riaprii che non eravamo più all'interno della città. La guardavamo sotto di noi da un'altura, ad una distanza tale da poterla racchiudere tutta nella nostra visuale. Il cielo era terso e l'aria pulita da permettere di vedere con chiarezza, malgrado la distanza, tutta la densità dell'agglomerato urbano della città rispetto alle periferie.

Uriele iniziò a parlarmi:" Da questa altura potrai vedere come la grandezza di una città è fragile rispetto alla potenza del disegno di Dio. I ripetuti e violenti terremoti, sia terrestri che marini, daranno luogo ad un grande maremoto che affogherà la città. Molte altre parti della penisola saranno per sempre sommerse dall'acqua ed interi territori della nazione si frazioneranno e diventeranno isole. Tutto ciò accadrà su tutto il pianeta. Verranno modificati per sempre i contorni ,la grandezza e la posizione dei continenti. Molte isole spariranno ed altre si solleveranno vergini dalle acque."

L'orizzonte di fronte a noi, che prima era netto nel definire la linea di confine della terra con il cielo, si increspò con una lunga e larga fascia bianca, che avanzando verso la città cancellava con furia ogni cosa che incontrava, sembrava una grande gomma che si muoveva su un foglio per correggere gli errori. In breve tutta la città scomparve sotto quell'immensa onda. Ricordai a Uriele di avermi detto che non tutto sarebbe stato distrutto della città.

Lui mi rispose:" non sarà distrutta, cambierà per sempre aspetto e dimensione, perché verrà liberata solo dalle incrostazioni del superfluo e lavata dalla sporcizia del peccato, per essere destinata agli uomini che erediteranno il nuovo mondo"

L'onda perse la sua forza, si assestò e cominciò a ritirarsi verso il mare. Della città rimasero visibili solo pochi edifici sparpagliati, aveva l'aspetto di un albero appena potato, mentre tutto il resto veniva trasportato dall'onda nelle profondità del mare. Uriele mi chiese di stringere il fodero, io lo presi e chiusi gli occhi.

Quando li riaprii eravamo davanti ad una chiesa, stretta da due fabbricati. La facciata era in mattoncini rossi con una corta scalinata che portava all'ingresso. Il portone d'ingresso, in legno sagomato a quadri, era incorniciato da due colonne che sorreggevano una trave, che a sua volta era la base di un'architettura triangolare, più in alto era posto un rosone ovale, anch'esso inserito in una cornice in marmo. L'ingresso della chiesa era aperto, salimmo i gradini ed entrammo. All'interno trovammo una navata centrale con due file di banchi che si allungavano verso l'altare e due navate laterali più piccole. Il soffitto era in legno a cassettoni. Sulle pareti sopra le arcate dei pilastri portanti della navata centrale vi erano affreschi di Santi e Angeli. L'altare centrale era posto in una piccola cappella affrescata con scene mistiche e tutta rivestita in marmo color ambra. Sopra l'altare un grande dipinto raffigurava il battesimo di una donna. Uriele andò verso la navata di sinistra, io lo seguii. Si fermò davanti ad una nicchia nella quale si trovava un capitello di una colonna con sopra un coperchio in bronzo raffigurante una scena di battesimo.

Si girò verso di me e disse. "Questo capitello è stata la prima fonte battesimale dove Pietro ha intinto la mano. È stata la fonte battesimale delle prime conversioni tra le persecuzioni e le tribolazioni. Pur di essere bagnati nel nome del Signore, molti hanno sacrificato la vita. Questa chiesa è stata edificata nel ricordo della primitiva martire, Santa Prisca."

Uriele si allontano e si sedette nel primo banco alla destra dell'altare io gli sedetti a fianco. Sentii alle mie spalle aprirsi il portone d'ingresso, mi girai e vidi entrare una signora anziana che camminava appoggiandosi a due stampelle. Camminava piano, e ad ogni passo che muoveva si sentiva in anticipo il rumore delle stampelle che la reggevano avanzando sul pavimento della chiesa. Dissi a Uriele se potevo andare ad aiutarla, lui guardandomi mi sorrise e assentì con il capo. Mi alzai, le andai vicino, la presi sottobraccio e l'accompagnai lentamente tra i primi banchi. Gli presi le stampelle e la feci sedere. Io mi sedetti nel banco dell'altra fila che mi permetteva di poterla avere di fronte.

L'anziana signora si sbottonò il cappotto. Aveva un foulard di lana in testa, dal quale uscivano ciuffi di capelli bianchi, e che annodato sotto il mento racchiudeva un viso segnato dall'età. I suoi occhi erano incavati e neri. Il suo sguardo era stanco, malinconico e triste. Sotto il cappotto chiaro indossava un semplice maglioncino giro gola verde e una gonna scura. Aveva delle scarpe bianche e nere con rigonfiamenti in prossimità delle punte, che facevano intuire delle deformità alle dita dei piedi. Indossava spesse calze di lana e delle ginocchiere ancora più spesse sopra le calze.

Mi fissò con sguardo materno e mi ringraziò dicendomi:

"Non entro in una chiesa da quando sono tornata dal Canada ed allora ero giovanissima." Gli chiesi perché non fosse più entrata in una chiesa.

Guardandomi il suo sguardo subito si rattristò, poi accennò un sorriso quasi a ringraziarmi per averle dato l'occasione di parlarmi:" Sono nata in un piccolo paese agricolo e povero del Sud Italia. Ero la seconda di tre figli. Mio padre era falegname e mia madre curava un piccolo oliveto con vigneto che aveva ricevuto in dote. Dopo il terremoto del 1930, il governo fascista per dare un tetto a chi aveva perso l'abitazione nel terremoto costruì, in una zona agricola fuori dal centro del paese, 18 padiglioni, tutti in mattoni rossi e con tetto in legno Abitavamo in una stanza e cucina, il bagno era in uno sgabuzzino all'esterno a fianco dell'ingresso. La nostra povera abitazione era uguale ad altre tre in un padiglione diviso per far alloggiare quattro famiglie. Sin da piccola ho sempre avuto un carattere taciturno e obbediente. Già a 5 anni mia madre mi insegnò come badare a mia sorella piccola di pochi mesi e me l'affidava quando andava in campagna. Ricordo che a soli 7 anni mi fece fare il primo impasto di pane da sola ed m'insegnò anche a fare la pasta fatta in casa. La mia fanciullezza trascorse nelle faticose responsabilità che mia madre mi aveva assegnato, l'unico momento della giornata in cui mi sentivo bambina era la mattina quando andavo a scuola. Nell'estate del 1939 mia madre rimase incinta del quarto figlio. Prima dell'autunno ricordo che una sera mio padre ci mostrò un volantino della propaganda fascista, nel quale era scritto che l'impero d'Italia aveva bisogno di lavoratori in Africa e che sarebbero stati pagati molto bene. Mio padre era un bravo artigiano, ma erano tempi di miseria e il lavoro scarseggiava. Con la preoccupazione e la responsabilità di avere un'altra bocca da sfamare, decise con alcuni compaesani di andare in Africa. Partì nel gennaio del 1940. Ricordo ancora le sue parole, prima di salutarci ci disse , che a costo di rischiare la vita, non ci avrebbe mai fatto soffrire di fame. Nell'Aprile del 1940 mia madre partorì in ospedale un maschietto, che morì pochi giorni dopo. Un ragazza madre, ricoverata con mia madre, nello stesso giorno partorì anche lei un maschietto, ma lo abbandonò in ospedale. Mia madre che aveva perso il figlio cominciò ad allattarlo, si affezionò e lo portò a casa. Sapevamo che non era nostro fratello di sangue, ma subito lo divenne e malgrado il nostro misero tenore di vita lo adottammo. Al mio carico di responsabilità si aggiunse quello di curare anche il piccolo fratellino. Dopo qualche mese scoppio la guerra e mio padre da lavoratore si trovò soldato. Tornò a casa solo alla fine del conflitto, malato e con una ferita alla gamba destra curata male. Tentò di riprendere l'attività di falegname, ma non aveva più le forze per sostenere la fatica del lavoro manuale. Dopo la guerra, la nostra zona iniziò a popolarsi di nuove famiglie. Mio padre, che era un uomo intelligente ed intraprendente, decise di trasformare la sua bottega di falegname e aprì un negozio di generi alimentari. Dopo qualche anno fece la richiesta e gli venne approvata la licenza per la vendita dei tabacchi. Eravamo il primo e l'unico negozio nella nuova zona del paese e vendevamo un po' di tutto. Il commercio andava bene, io ero diventata una signorina di 20 anni. Ero l'unica che aiutava mio padre, anche se la mia passione, alla quale dovetti rinunciare per sempre, era quella del cucito. Mio fratello maggiore in quegli anni emigrò a Milano. Mia sorella, già grandicella, comprò a cambiali una macchina per la lavorazione della maglieria e si dedicò solo a quel lavoro. Il mio tempo, prima da adolescente e poi da signorina, era scandito dagli orari del negozio e dagli impegni per gestirlo. Mio padre si occupava solo dell'acquisto delle merci, mentre io impastavo il pane la sera per poi venderlo la mattina, sistemavo la merce in deposito, sbrigavo i clienti. Insomma non avevo tempo per distrazioni o divertimenti che potessero giustificare la mia età.

Un giovane fabbro di bell'aspetto, in un giorno di mercato rionale, montò la sua bancarella di vendita a fianco all'entrata del mio negozio. Vendeva attrezzi in ferro per i contadini, che forgiava e costruiva nella sua officina. All'ora di pranzo entrò nel mio negozio.

Lo notai perché insistette molto a fissarmi e perché prima di decidersi a comprare, forse per rimanere più tempo nel negozio, con delle scuse faceva passare avanti altri clienti che erano entrati dopo di lui. Da quel giorno non lo vidi più ai mercati rionali. Dopo qualche mese venni a sapere che era emigrato in Canada. Passarono quasi tre anni da quell'incontro consumato tra timidi sguardi e poche parole, quando una domenica si presentò a casa nostra la madre di quel giovane. Aveva con se una lettera, nella quale il figlio le chiedeva di portare a conoscenza mia e della mia famiglia il suo desiderio di sposarmi. Le risposi subito senza alcuna titubanza, rischiando il giudizio di passare per sfacciata, di comunicare al figlio che l'avrei sposato volentieri. Mia madre si innervosì da quella mia risposta repentina, invece mio padre esternò il suo consenso nell'abbracciarmi. Il mio sposo non poteva rimpatriare dal Canada, perciò prepararono i documenti per celebrare un matrimonio per procura e all'altare mi accompagnò mio fratello maggiore. Avevo 24 anni e un forte desiderio di costruire la mia vita lontana dalle privazioni e dai sacrifici che mi avevano negato l'infanzia e la mia giovinezza. Mio padre mi accompagnò a Napoli e mi imbarcai con la determinazione di affrontare quel viaggio senza alcun timore , io che non mi ero mai spostata dal mio piccolo paese del sud Italia. Arrivai in Canada che era il mese di aprile del 1955. Abitavamo a Ottawa in una casa ammobiliata con due stanze, bagno e cucina. Tra di noi si accese subito un forte legame e un amore profondo, malgrado avessimo avuto il tempo di scambiarci solo uno sguardo e poche parole per conoscerci prima di sposarci. Nella convivenza conobbi mio marito e scoprii un giovane uomo semplice, premuroso, gentile e lavoratore. Scoprimmo che eravamo due persone destinate da sempre che si erano incontrati per caso, come due intarsi già pronti che si incastravano perfettamente senza alcuna forzatura. Quando non era al lavoro, non mi lasciava mai da sola. Voleva condividere con me tutto il suo tempo, tanto che mi iscrisse ad una scuola di lingua inglese che lui già frequentava. Ogni domenica mattina, nessuna condizione climatica o altro poteva impedirci di andare insieme in chiesa e alla sera al cinema. Un anno volò nella più completa felicità , di una vita ordinata e semplice che avevo sempre sognato. Nel giugno del 1956 mio marito si ammalò. Andammo a fare dei controlli medici. Alle radiografie risultò una diffusa presenza di cisti ai polmoni. Dovevano intervenire chirurgicamente. Dopo l'operazione mi dissero che le cisti erano delle metastasi di cancro maligno e che non aveva nessuna speranza di guarigione. Gli restavano da vivere solo pochi mesi. A mio marito non gli dissero la verità e neanche io lo feci. Stette in ospedale tre mesi, con la scusa di curargli una grave infezione polmonare. Per restargli vicino chiesi se avessi potuto lavorare in ospedale. Mi assunsero come inserviente per le pulizie del reparto e sguattera nelle cucine.

Dopo qualche giorno dall'assunzione, ad un medico di origini italiane raccontai la mia storia e gli chiesi se ci fosse stata la condizione anche di dormire in ospedale. S'impietosì e mi aiutò a sistemarmi in una stanza del reparto di manutenzione nel piano interrato dell'ospedale che non veniva utilizzata. Non lo lasciai solo nemmeno un giorno durante tutto il periodo del suo ricovero. Pregavo ogni giorno intensamente perché accadesse un miracolo di guarigione. A metà settembre, dopo aver sperimentato delle cure, lo dimisero dicendomi che aveva un'aspettativa di vita al massimo di sei mesi. Non gli dissi mai la verità sulla sua malattia per due ragioni di cui mi ero fermamente convinta: quella di non bruciare nella malinconia e nella preoccupazione la felicità del tempo che ci rimaneva da vivere insieme, e l'altra ragione la custodivo nella speranza che il Signore avrebbe potuto regalarci un miracolo. Portai il fardello di quella crudele verità da sola, cercando di non far trasparire ai suoi occhi il dolore lacerante che nella profondità della mia anima vivevo quotidianamente. Sfogavo nel pianto il dramma che nascondevo, solo quando mi allontanavo da casa per fare la spesa o altro. Appena rientravo e aprivo la porta di casa, indossavo la maschera della serenità e della normale consuetudine quotidiana che avevamo vissuto sino dal primo giorno di convivenza. Maturai l'idea, nei mesi che mancavano alla fine dell'anno, di rientrare in Italia per dargli l'occasione di ricongiungersi per l'ultima volta con l'affetto dei suoi famigliari. Così una domenica di novembre gli dissi che i dottori prospettavano una guarigione ancora con qualche mese di riposo prima di poter riprendere a lavorare, e siccome si avvicinavano le feste Natalizie, mi sarebbe piaciuto passarle in Italia con i famigliari. Non sospettò nulla, pensò fosse solo un mio desiderio, e pur di compiacermi condivise senza alcuna esitazione la mia idea. Prenotai l'imbarco per il 7 dicembre e nei giorni precedenti la partenza, a sua insaputa, sbrigai tutto quanto fosse necessario per non lasciare nulla in sospeso con la proprietaria della casa e il datore di lavoro. Ci imbarcammo e arrivammo nel porto di Napoli il 21 dicembre. Sapevo, che quando saremmo arrivati in paese, i famigliari e gli amici ci avrebbero distratto e divisi con visite e attenzioni di affetto, allora gli chiesi, per vivere intensamente e intimamente ancora qualche giorno da soli, che avevo il desiderio di fermarmi e visitare Napoli. Prendemmo una stanza per due giorni in un piccolo alberghetto vicino al porto. Furono due giorni meravigliosi. A vederci, nessuno poteva sospettare che mio marito fosse in fin di vita, anzi aveva riacquistato il sorriso da non sembrare affatto malato. In quei due giorni visitammo lungamente Napoli, sempre in carrozzella e sempre affettuosamente abbracciati come due sposini in viaggio di nozze. In quei due giorni di intensa felicità rimasi incinta. Arrivammo in paese il giorno della vigila di Natale. Per sfogarmi del peso che portavo, confidai la verità di quel viaggio solo a mio padre, chiedendogli di non dare informazioni a nessuno e di non mostrare a mio marito alcun segno di preoccupazione o di malinconia. Passammo le feste in famiglia. Dopo l'Epifania mio marito si aggravò e non si alzò più dal letto. Morì la mattina del 28 Gennaio 1957. Gli stetti vicino fino al suo ultimo respiro. Ci lasciammo con un ultimo e intenso bacio d'addio. Ero rimasta vedova che avevo solo 26 anni. Per dimenticare l'amarezza di quel vuoto e custodire gelosamente quei 21 mesi di intensa ed indimenticabile felicità coniugale, sono ritornata ad abitare con i miei genitori e a lavorare incessantemente e senza sosta, come fossi diventata un automa, in quel piccolo negozio. Ho costruito, nella tristezza e nella scontrosità, una spessa corazza di difesa per respingere ogni manifestazione di comprensione o di affetto che potessero scalfire il ricordo di quei 21 mesi di felicità. I miei genitori hanno cresciuto mio figlio, al quale ho mancato di dare , come sarebbe stato giusto e normale, serenità e affetto materno, perché avevo testardamente deciso di chiudere il mio cuore ad ogni manifestazione d'amore. Non sono più entrata in una chiesa, non ho mai più pregato, perché ho sempre ritenuto responsabile il Signore della colpa di avermi concesso di scoprire il vero amore e di avermelo strappato e negato in così breve tempo. "

Allora le chiesi perché fosse entrata in chiesa. Mi rispose: " io non abito in questa città e non comprendo come mi sia trovata di fronte al portone di questa chiesa. Ho sentito la necessità di entrarci per riposarmi, perché avverto il peso di una stanchezza che non riesco più a reggere."

Mi avvicinai, mi sedetti al suo fianco e le presi la mano. Dal tremore della sua voce e dalla delicatezza nel stringere la mia mano compresi che aveva maturato il desiderio di arrendersi, in quella estenuante battaglia contro la vita, per riconciliarsi con Dio e con il mondo. Uriele era rimasto seduto sul banco in prima fila di fronte all'altare, quando la luce del giorno sparì, la terra cominciò a tremare ed iniziarono a scendere dal cielo buio fiammelle di fuoco.

Abbracciai quella signora anziana e poggiai il capo sulla sua spalla. Avvertii un fremito di pianto alla risposta del suo abbraccio materno e della sua mano sulla mia testa come scudo per proteggermi. Restammo in silenzio abbracciati, finché tutto finì e la luce del giorno tornò.

Uriele si alzò, si segnò, si avvicinò e rivolgendosi alla signora anziana disse:" Antonietta! il Signore ti ha concesso di scoprire, prima del Suo giudizio, ciò che testardamente ti sei negato nella vita, il calore e l'amore che trasmette la semplicità di un abbraccio affettuoso. L'amore è un dono del Signore e tu l'hai custodito gelosamente per tutta la tua vita senza permettere a chiunque di corromperlo. La tua unica colpa è stata di nascondere quell'amore nel timore di perderne il ricordo, e questo ti ha portato ad affrontare il resto della tua vita in una solitudine forzata. A chi è stato dato poco su questa terra verrà ricompensato dal Signore nel Suo Regno. Il Signore ti ha chiamato in questa chiesa perché tu possa riconciliarti nella Sua misericordia e nel Suo perdono. Mi alzai, accarezzai con affetto e ripetutamente la guancia di quella signora anziana che non mostrava più un viso malinconico e triste, ma disteso e sereno. Presi il fodero di Uriele lo strinsi e chiusi gli occhi.

Quando li riaprii eravamo su una delle due terrazze del Vittoriano a fianco di una quadriga bronzea. Il cielo era terso. Dall'altura della terrazza, la veduta della città era di una bellezza impareggiabile. Sotto di noi Piazza Venezia era movimentata da mezzi pubblici, macchine e frotte di turisti in fila o a gruppi che scattavano foto o seduti ai tavolini dei bar. Sembrava la cartolina di una tipica e assolata giornata romana.

Uriele si rivolse a me e disse:" negli anni delle tribolazioni prima del Giudizio, la vita quotidiana sarà sempre sul crinale della precarietà tra la normalità e il disastro."

Sguainò la spada, la sollevò e la puntò verso il sole. La sua lama lucente sembrava di fuoco Dal sole si sprigionarono strisce di bagliori che sembravano sputi violenti che si distendevano con lazzi che macchiavano il cielo.

Lo stesso si tinse di un colore arancione scuro con estese macchie di un rosso vivo, come se in quei punti il cielo si stesse incendiando. Dalla città si alzarono grandi ed estese nuvole di vapore e l'acqua delle fontane iniziò a gorgogliare dal bollore. Le macchine e i mezzi pubblici si fermarono. Le persone in preda al terrore per quel caldo che bruciava, correvano cercando rifugio nei portoni aperti dei palazzi e negli esercizi commerciali. Chi non riusciva a correre stramazzava al suolo contorcendosi nel dolore ustionante delle bruciature. Le automobili che erano ferme iniziarono ad incendiarsi. In poco tempo, quella che sembrava una tipica e normale giornata romana, si trasformò in una visione apocalittica.

Uriele mi guardò e disse: " negli anni delle tribolazioni il sole sarà causa di grandi disastri per la terra. Quando sprigionerà grandi esplosioni di fiamme visibili da ogni luogo della terra, il giorno del giudizio sarà imminente ed inarrestabile. I vulcani saranno stimolati a risvegliarsi e bombarderanno la terra. L'energia imprigionata nel nucleo del pianeta sfogherà in violente esplosioni che vomiteranno proiettili di roccia semifusa a grandi distanze. Fiumi di magma si verseranno in grandi quantità a coprire il suolo della terra. Lapilli e cenere oscureranno il cielo. L'acqua dei mari si riscalderà, diventerà stagnante e senza ossigeno, perché le correnti marine si fermeranno. La tecnologia inventata dall'uomo nell'ultimo secolo diventerà inutile, perché il campo magnetico della terra verrà corrotto ed impazzirà."

Uriele smise di parlarmi e rimase immobile senza distogliere lo sguardo dalla città. Io gli chiesi cosa ancora avrei dovuto vedere da quel luogo prima di spostarci.

Egli mi rispose:" vedrai l'oscurità che avvolgerà tutta la terra e il fuoco che scenderà dal cielo."

Dall'orizzonte color sangue si alzò una nube scura che cavalcava veloce e avanzando copriva il cielo oscurandolo. L'ombra dell'oscurità avvolse ogni cosa e dalla nube cominciarono a scendere, come neve, fiocchi di cenere grigia. I marmi bianchi del Vittoriano vennero coperti da una coltre grigia. L'oscurità della nuvola di cenere venne squarciata da strisce di fuoco e sulla città iniziarono a piovere proiettili di roccia incandescente seguiti da lunghe code di fuoco che ne disegnavano la parabola. Ogni proiettile di roccia che colpiva la superficie esplodeva in un forte boato e nell'impatto alzava una grande quantità di detriti incandescenti, sembrava che la città fosse diventata un campo di battaglia sotto l'attacco di cannoni di artiglieria pesante.

Uriele rinfoderò la spada, mi allungò il fodero io lo afferrai e chiusi gli occhi.

SESTO GIORNO

Li riaprii trovandomi di fronte alla facciata centrale della Basilica di San Pietro, al centro del colonnato, vicino all'obelisco. Il cielo era scuro e senza stelle. Le luci artificiali erano tutte spente, solo la luna irradiava le superfici con un freddo bagliore. Uriele che mi era vicino mi disse:" devi aspettare vicino all'obelisco la tua prossima guida." Si allontanò e scomparve tra il colonnato alla mia destra.

Mi sedetti sugli scalini e poggiai le spalle alla parete della base dell'obelisco. Avevo di fronte,come unico spettatore in tutta la piazza, il palcoscenico della scalinata e la grandezza scenografica della facciata della Basilica illuminata dai raggi lunari che proiettavano sulla piazza le ombre del colonnato alla mia sinistra, mentre l'ombra della cupola macchiava la facciata degli edifici sulla mia destra. Un cupo silenzio surreale troneggiava. Chiusi gli occhi per gustare la pace di quel profondo silenzio quando sentii un flebile lamento lontano provenire alle mie spalle. Mi alzai, mi spostai al lato dell'obelisco nella direzione di quel lamento. In fondo alla lunga strada di via della Conciliazione, nell'oscurità notai dei lontani bagliori. Attraversai la piazza del colonnato e mi fermai in prossimità della recinzione. Ero concentrato con la vista a seguire quei bagliori e con l'udito a comprendere quel lamento. Come un fiume in piena che tracima con le prime onde la sede di una nuova insenatura, così quei pochi e lontani bagliori avanzando cominciarono ad aumentare illuminando tutta la larghezza del vialone e crescendo in lunghezza. Quel flebile lamento, nel silenzio di ogni cosa, arrivava sempre più chiaro somigliante alla litania ripetitiva di una preghiera. Il fiume di piccole luci sparse avanzava lentamente e s'ingrossava sempre più. Per vederne la profondità e la lunghezza ritornai verso la Basilica e salii sulla base dell'obelisco. Era un fiume di persone, che avanzando continuava ininterrottamente ad alimentarsi con altre luci, che si aggregavano dal lontanissimo fondo della strada. La litania religiosa, man mano che la folla si avvicinava verso la Basilica, si alzava con un tono sempre più alto e distinto. Quando la testa di quel lungo corteo arrivò all'ingresso di piazza San Pietro, la grande e lunga via della Conciliazione era completamente illuminata da piccole luci di candele strette nelle mani di quella folla di gente ,e la recitazione del rosario si diffondeva chiara, all'unisono e cadenzata. La folla si distribuì occupando tutta la Piazza e non oltrepassò la recinzione per accedere verso la Basilica, mentre la lunga coda del corteo si fermò occupando fino in fondo ogni spazio di via della Conciliazione. Scesi dal piedistallo dell'obelisco con l'intenzione di andare verso quelle persone, ma mi accorsi che dalla scalinata della Basilica stava avanzando verso di me un uomo.

Lo aspettai, e mentre avanzava sotto la luce fredda dei raggi lunari iniziai a distinguere sempre meglio le sue le forme e i dettagli. Era un uomo alto, esile e di bell'aspetto. Aveva capelli chiari lunghi e riccioluti. Indossava una tunica lunga fino ai piedi di colore celeste chiaro, stretta in vita da una cintola di corda bianca con i capi penzolanti sulla coscia. Indossava una stoffa bianca che riempiva il triangolo sotto il taglio della tunica in prossimità del collo. Ai piedi portava degli umili calzari monacali .

Quando fu vicino mi disse: " sono Gabriele e sarò la tua guida in questo giorno".

Prontamente gli chiesi perché stavamo iniziando il cammino di notte. Mi rispose con tono pacato: " l'oscurità che vedi non è né il colore, né l'ora della notte. Nei giorni che precederanno la venuta dell'Agnello, la potenza del Signore allontanerà il sole dalla Terra e spegnerà la luce di tutti gli astri dell'universo. Dall'oscurità profonda del cielo arriveranno segni di fuoco visibili da ogni parte del pianeta. Questi giorni serviranno per preparare le anime, che ancora camminano sulla terra, al giorno del Giudizio. Nell'oscurità e nei segni che si manifesteranno nel cielo ogni uomo riconoscerà la potenza di Dio, ripercorrerà la propria vita, si pentirà, chiederà perdono per i propri peccati." Allora gli chiesi perché la luna fosse ancora luminosa. Gabriele mi rispose: " anch'essa si spegnerà, ma solo tre giorni prima della venuta dell'Agnello." Mi venne spontaneo chiedergli ancora, perché la Basilica di San Pietro avesse i portoni chiusi da sembrare abbandonata e deserta.

Mi rispose: "durante gli anni delle tribolazioni, il Governo della Chiesa di Pietro verrà scosso dalle fondamenta e subirà grandi lacerazioni ed umiliazioni. Il maligno seminerà conflitti e dubbi. Disorienterà e dividerà il popolo di Dio. Userà la potenza della comunicazione e della tecnologia dell'ultimo secolo per diffondere in ogni angolo della Terra la conoscenza degli scandali commessi dai ministri della Chiesa. Commettere scandalo indossando la veste di ministro della chiesa è il più alto tradimento verso Dio che si possa commettere, perché può essere conseguenza di disorientamento e dubbio tra i fedeli. A causa degli scandali molti uomini perderanno la fede, dubiteranno del messaggio dell'Agnello e della ricompensa di una vita eterna, si allontaneranno dalla preghiera e abbandoneranno la frequentazione delle chiese , innalzeranno in adorazione gli idoli del maligno, che sono: la bramosia del potere, delle ricchezze e del piacere. Invece, coloro che avranno giudicato la Chiesa a causa degli scandali dei suoi ministri, ma non hanno mai perso la fede nel Signore sono qui di fronte a te, " e alzò la mano indicandomi la folla immensa che riempiva piazza San Pietro e via della Conciliazione. " Si sono già pentiti e stanno chiedendo perdono, ma come colui che riconosce la propria colpa e mostra timidezza a presentarsi nella casa di chi ha offeso per chiedere perdono, così questi fedeli aspettano un incoraggiamento per oltrepassare la recinzione e rientrare nella Chiesa di Pietro."

Gabriele s'incamminò verso la folla si fermò vicino la recinzione, io lo seguii e mi fermai al suo fianco. Fissò intensamente quella folla che smise di recitare il rosario, e come se fosse stata comandata da un tasto del volume si zittì. Gabriele alzò le braccia e il capo verso il cielo. A quel suo gesto coloro che stavano vicini alla recinzione si inginocchiarono e come quando cade un sasso nell'acqua un'onda si trasmette e forma altre onde, tutti si inginocchiarono e nessuno rimase in piedi. Gabriele abbassò le braccia e le allargò come se volesse contenere tutta la folla in un abbraccio, posò lo sguardo su di loro e con una voce potente, che nel silenzio tuonava e si diffondeva, iniziò a parlare dicendo:" fratelli! Vi annuncio che il Signore nella sua misericordia vi ha già perdonati, perché avete temprato la fede negli anni delle tribolazioni chiedendo pietà all'Agnello di Dio che toglie i peccati del mondo. Fino a quando non comparirà nell'universo il segno della croce e Michele non lancerà il suo urlo su tutta la terra per annunciare la venuta dell'Agnello, le porte della Chiesa di Pietro rimarranno chiuse. Vi sarà concesso entrare nella piazza del Colonnato, ma non di salire la scalinata e nell'attesa che si compia la volontà del Signore, continuate a pregate per i vostri peccati e chiedete l'intercessione della Santa Vergine Maria."

Con un gesto delle braccia li invitò ad alzarsi e ad entrare. Senza fretta e con ordine i fedeli iniziarono ad oltrepassare la recinzione ed cominciarono ad affluire nella piazza del Colonnato. Gabriele si incamminò verso destra e io lo seguii. Ci fermammo all'interno del colonnato. Allora Gabriele mi disse:" mi allontanerò per poco tempo, quando ritornerò riprenderemo il viaggio della giornata."

Lo vidi sparire tra le colonne. La folla continuava ad affluire nella piazza e i primi si erano già disposti in ginocchio alla base della scalinata di fronte alla facciata della Basilica. Nel silenzio, la voce di una donna si alzò cominciando a recitare l'Ave Maria e tutti la seguirono nella preghiera che si distese e si alzò come fosse stata un'unica voce. Intanto la somma dei lumini accesi iniziarono a diffondere una luce sempre più intensa, man mano che si accalcavano nella piazza. Una parte di persone si dispose e riempì lo spazio della piazza nella quale mi trovavo. Un uomo entrò nel colonnato e si fermò alla mia sinistra. Portava nella mano destra un candela accollata da un cartoncino, che proteggeva la fiammella affinché non si spegnesse e la mano dalla colatura della cera calda. Era della mia stessa altezza, robusto e leggermente stempiato. Indossava un cappotto scuro con il bavero del colletto alzato. Sotto il cappotto aperto aveva un maglioncino grigio a giro gola dal quale usciva il colletto bianco di una camicia. Si inginocchiò poco distante, io rimasi in piedi. Allora quell'uomo dal basso si girò verso di me e mi chiese:" perché non ti inginocchi?" Gli risposi che stavo aspettando in piedi, perché ero in attesa di chi avrebbe dovuto portarmi via da quel luogo. Anche lui si alzò e continuando a guardarmi mi chiese:" se cerchi di fuggire o di nasconderti è inutile non c'è nascondiglio sicuro che non sia stato già visitato dalla morte, dalla sofferenza e dalla disperazione. L'unico rifugio è il pentimento e la preghiera" Gli risposi che non stavo scappando e che non avevo né il desiderio e neanche la necessità di farlo e gli chiesi se fosse lì solo o avesse con se dei conoscenti.

Si girò verso delle persone in ginocchio che stavano non molto lontano e le indicò con la mano dicendo:" quella donna magra con il cappello di lana scuro in testa in mezzo a quelle tre ragazze, sono mia moglie e le mie figlie." Continuai a parlargli chiedendogli perché si trovasse in quel luogo. Si prese del tempo, come se stesse rimuginando di decidere da dove iniziare la sua storia per rispondere alla mia domanda, poi rompendo il silenzio iniziò a parlarmi:

"quando sono nato, mio di padre era già morto da qualche mese. Per troppi motivi non ho conservato un buon ricordo di una parte della mia infanzia. Soprattutto non riesco ancora a dimenticare le urla e il nervosismo di mia madre, che per sfogare la rabbia del suo destino sfortunato di giovane vedova, ad ogni mio capriccio o malefatta, comprensibile e normale per la mia tenera età, trovava il motivo per punirmi severamente. Affrontai i primi anni di scuola elementare con un carattere timido e chiuso. Mi sentivo debole ed indifeso rispetto ai miei compagni, perché avvertivo la mancanza e la protezione di una figura paterna. A scuola ero bravo e questo mi permise di avere degli amici, che per essere aiutati nello studio comunque mi cercavano anche per giocare. Frequentavo volentieri l'oratorio della parrocchia. Un giovane prete, don Vincenzo, ci insegnava il catechismo e notando la mio carattere discreto e ubbidiente mi insegnò a servire messa come chierichetto. Servire messa per me era diventato un impegno piacevole ed ero attento e puntuale a non mancare mai. Quel periodo fu il più felice della mia infanzia. Quando qualcuno mi chiedeva cosa avessi voluto fare da grande, non avevo nessuna titubanza a rispondere che avrei voluto diventare prete.

Mia nonna materna, vedendomi convinto della mia vocazione, chiese più volte a mia madre di interessarsi per programmare, dopo il diploma di licenza media, la mia iscrizione ad un seminario. La mia fanciullezza la lasciai alle spalle tra i 12 e 14 anni, con uno sviluppo fisico che mi iniziò alla pubertà, sia in altezza che in robustezza . I miei capelli chiari, occhi verdi ed un fisico slanciato ed atletico attiravano spesso la simpatia delle ragazze e di nuove amicizie. Il mio carattere cambiò, da timido e taciturno, divenni sicuro, loquace ed intraprendente. In quegli anni la mia vocazione sacerdotale si affievolì, ma rimase indelebile il ricordo di quel periodo felice della mia infanzia, soprattutto i consigli spirituali e l'affetto fraterno di Don Vincenzo. Li custodisco gelosamente e con affetto ancora oggi. Il Signore mi aveva concesso il dono della salute, del bel aspetto e dell'intelligenza, ma non ero per nulla maturo per gestire quelle opportunità e deviai l'interesse dallo studio, nella quale ero portato, sciupando il tempo dell'adolescenza in superficiali esperienze amorose e bagordi con gli amici. Il piccolo paesino dove ero cresciuto divenne stretto e a 16 anni convinsi mia madre a farmi partire per Milano. Fui ospitato per qualche anno dai miei zii materni e continuai a frequentare il liceo scientifico. A 18 anni, mi mancava un anno al diploma , lasciai la scuola e la casa dei miei zii, che per tutto il tempo in cui ero stato ospite, mi avevano stancato con continui e violenti litigi per problemi di interessi patrimoniali. Cercai e trovai lavoro. Affittai una stanza e cucina in un vecchio palazzo e iniziò la mia prima esperienza da uomo indipendente. Non durò molto tempo quel periodo, perché avendo interrotto gli studi, lo Stato Italiano mi mandò l'avviso per assolvere agli obblighi di leva militare. Non avevo ancora compiuto 19 anni, quando mi presentai nella caserma di Orvieto. Dopo un mese mi trasferirono a Civitavecchia, assegnato al primo battaglione Bersaglieri La Marmora. In quell'anno divenni amico inseparabile di un ragazzo di Milano più vecchio di me, perché aveva rinviato l'obbligo di leva per terminare gli studi universitari. Si era laureato in fisica. Mi confidò che appena si sarebbe congedato, aveva già pronto un contratto di lavoro come tecnico con una multinazionale per la costruzione di una centrale idroelettrica in Groenlandia. Gli chiesi se fosse stato possibile partire insieme per quel lavoro. Prese l'impegno di parlare della mia richiesta in azienda e al ritorno di una settima di licenza a Milano mi disse di averne parlato e che sarei potuto partire con lui con la mansione di operaio generico. Dovevo solo preparare il passaporto, perché alla documentazione medica avrebbe provveduto l'azienda. Mi congedai due mesi prima del mio amico e tornai nel mio paese natale. Feci richiesta di passaporto alla locale caserma dei carabinieri. Il maresciallo, che era un amico di famiglia, mi chiese perché avessi necessità del passaporto, ingenuamente glielo dissi. Si prese la briga di avvisare mia madre, alla quale non avevo ancora dichiarato le mie intenzioni. In famiglia scoppiò una tragedia con interminabili giornate di lacrime e disperazione di mia madre, di mia nonna e la scontrosità di mio nonno che non mi rivolgeva più la parola. Fui costretto a rinunciare alla mia decisione di partire. Mio nonno si ammalò e morì dopo qualche mese dal mio congedo. Io fui costretto a non ritornare più a Milano per non lasciare sole mia madre e mia nonna. Da quel momento la mia vita fu un susseguirsi di decisioni sempre condizionate dalla responsabilità di essere divenuto prematuramente, senza volerlo, il capo famiglia. Ho cercato di trovare un mio spazio di autonomia sposandomi, ma abitando a poche centinaia di metri dalla casa di mia nonna e mia madre, quello spazio di autonomia non l'ho mai conquistato. Ho vissuto una vita complicata dagli impegni di lavoro e di responsabilità verso la mia famiglia, che si sommavano alle necessità di due donne sole e indifese che avevano posto la loro fiducia nel mio sostegno.

Quando mia nonna morì, mia madre rimase sola. Non volle lasciare la sua abitazione per venire a vivere con la mia famiglia, neanche quando subì un interveto chirurgico di protesi al ginocchio. Quando cominciò a perdere la sua autonomia camminando a fatica con le stampelle, decisi di programmare ogni minuto della mia vita per assisterla. Sapevo che sarebbe stato un sacrificio gravoso, ma per la mia indole e la mia educazione non avrei mai sopportato di rinchiuderla in una casa di riposo, solo per risolvere i miei problemi di tempo. La mattina presto le preparavo la colazione, l'aiutavo ad alzarsi e aspettavo che si lavasse per poi andare al lavoro. Quando rientravo all'ora di pranzo le portavo le pietanze che mia moglie aveva già cucinato. Le apparecchiavo la tavola, le servivo il cibo e pranzavo con lei conversando della giornata o ricordando cose e fatti del passato. Dopo aver sparecchiato e lavato le stoviglie, ritornavo al lavoro La sera, prima di rientrare a casa, passavo da lei. Le preparavo la cena e gliela servivo nella stanza dove era solito guardare il televisore e mentre cenavamo commendavamo le notizie di cronaca dei notiziari della giornata. La domenica mi fermavo a casa sua tutta la mattinata. L'aiutavo a farsi il bagno, le tagliavo le unghia dei piedi, l'aiutavo a cambiarsi gli abiti sporchi e li mettevo subito a lavare in lavatrice. Poi, nell'attesa che la lavatrice finisse il lavaggio per stenderle gli abiti ad asciugare, eravamo soliti stare insieme in cucina. Con la sua guida e i suoi consigli imparai a cucinare, a impastare la farina per preparare la pasta ,sia per i dolci ,che per la pizza. Per sei anni, finché non morì all'età di 82 anni, ho programmato e cadenzato la quotidianità della mia vita in quell'impegno che sentivo doveroso ricambiare come figlio. Nella frequentazione quotidiana di quei 6 anni ho conosciuto profondamente mia madre. Ho goduto del suo affetto materno che mi era stato negato nell'infanzia a causa della sua malinconia di giovane vedova. Ho compreso e considerato i suoi enormi sacrifici, spesi in anni di faticoso lavoro per garantirmi una condizione economica e sociale alla pari di coloro che avevano un padre, ma soprattutto ho scoperto, tra le pieghe dei suoi ricordi della sua storia di gioventù che ripetutamente mi raccontava, una donna che custodiva ancora forte il sentimento di amore per mio padre, malgrado l'avesse perso da oltre 50 anni. Per quei sei anni ho sempre ringraziato il Signore, perché mi aveva concesso l'occasione di ricambiare in parte quanto mia madre aveva sacrificato della sua vita per me, e perché nei momenti di sconforto e di fatica di quegli anni mi aveva fatto ritrovare la fede e la preghiera della mia fanciullezza. Ho fatto tante altre cose nella vita, però questi sono i momenti che più mi hanno segnato e che ho voluto condividere rispondendo alla tua domanda.

Sono qui in questa piazza per pregare e chiedere perdono del peccato che più mi pesa, quello di non aver saputo rendere a frutto di tutti i talenti che il Signore mi aveva dato. Avrei potuto utilizzarli meglio, ma mi è mancata la forza dell'ambizione a causa della mia indole altruista, che mi ha condizionato molto nelle scelte che ho dovuto prendere nella vita. Senz'altro hai potuto comprendere tra le righe della mia storia, che ho vissuto parte della mia vita nella responsabilità di soddisfare più le necessità di altri che nel perseguire con egoismo le mie."

Gabriele ritornò, si avvicinò a quell'uomo gli prese il braccio e gli disse:" Pasquale quando si sacrificano i propri desideri per aiutare chi nella necessità te ne fa richiesta, si compie cosa gradita agli occhi di Dio. Il Signore ti ha posto di fronte ad una prova e tu hai saputo ascoltare il tuo cuore e non i tuoi desideri e le tue ambizioni." Gabriele alzò un pezzo della corda che gli penzolava dalla cintola e mi di indicò di prenderla. Io lo feci e chiusi gli occhi.

Li aprii vicino ad un muretto basso di recinzione di una strada. Sotto di noi, qualche metro più in basso, una fontana poggiava al muro di sostegno della strada, di fronte la fontana si apriva un'enorme piazza affollata di gente, visibile solo per il gran numero di candele e torce accese. Il cielo sembrava fosse l'interno un cappello completamente nero, oltre le stelle anche la luna si era spenta in quella profonda oscurità. Eravamo sulla parte più alta della strada che scendeva sulla piazza da entrambi i lati. Alla nostra sinistra il pezzo di strada, che scendeva alla quota della piazza, finiva vicino a due chiese gemelle con tetto a cupola e ingresso colonnato. Alla nostra destra l'altro braccio della strada finiva in quota vicino ad altre due chiese di architettura più moderna. I bagliori delle torce e delle candele illuminavano un obelisco al centro della piazza e tutt'intorno il perimetro della stessa era segnato da edifici e da un'altura alberata. Chiesi a Gabriele dove ci trovavamo, lui mi rispose: " siamo in piazza del Popolo. Da questo luogo vedrai i segni di fuoco nel cielo, saranno visibili su tutta la Terra e l'umanità sprofonderà nella paura e nella rassegnazione della propria impotenza."

Appena smise di parlarmi, dalla piazza si alzarono delle urla che si confondevano a grida di pianto e di paura. La folla aveva rivolto lo sguardo il alto verso il cielo e portato le mani sul viso. Anch'io alzai lo sguardo e vidi nell'oscurità due meteore luminose che si stavano affacciando da orizzonti opposti e si spostavano veloci entrambe verso il centro del cielo, segnando quella corsa con un lunga coda luminosa, sembravano due comete. Si scontrarono nel punto più alto del cielo e si frantumarono in schegge infuocate che disegnarono lunghe scie nell'oscurità. Quando i bagliori di quelle schegge si spensero, il cielo s'illuminò di scintille, era il pulviscolo e i piccoli frammenti cosparsi dalla collisione degli astri che si incendiavano e bruciavano nell'impatto con l'atmosfera della Terra. Sembrava uno spettacolo pirotecnico che illuminava la notte con fiammelle colorate con spazi di intermittenza tra lo scoppio di un razzo e l'arrivo di un altro. Gabriele s'incammino sul lato sinistro della strada in discesa, io lo seguii. Si fermò nello spazio in mezzo alle due chiese gemelle.

Una donna, che sostava vicino alla scalinata di ingresso di una delle due chiese, si avvicinò. Aveva una postura leggermente curva che sosteneva appoggiandosi al bastone di un ombrello chiuso.

Indossava un vecchio scialle e ai piedi portava degli scarponi militari senza stringhe. Non indossava calze e sotto una gonna dai bordi sfilacciati uscivano due gambe magre e sporche. Senza alzare il capo e lo sguardo, come se avesse solo intuito la nostra presenza, tese la mano e disse:" datemi qualcosa da mangiare." Pensai che fosse assurdo chiedere l'elemosina in quello scenario da incubo. La donna insistette allungando il braccio e tastando con la mano e poi tirando un lembo della mia giacca. Le dissi che non avevo nulla da darle e le chiesi se non si rendesse conto di quello che stava accadendo. Alzando la testa verso di me disse: "sono cieca! Non vedo ciò che mi sta accadendo intorno. Da giorni ho udito solo urla, grida, e il rumore di scarpe di persone che correvano, ma nessuno si è avvicinato per parlarmi. Sono rimasta al mio solito posto dove mi sento sicura, seduta vicino alla colonna sulla scalinata dell'ingresso della chiesa che da molti anni è la mia casa." Gabriele le prese la mano e l'accompagnò verso la chiesa. L'avvertì dello scalino e la donna appena salì il primo lasciò la mano di Gabriele e come se li vedesse tutti, li salì e si sedette sull'ultimo appoggiandosi alla colonna. Gabriele le sedette a fianco. Mise la mano nella tasca della tunica e tirò fuori un pezzo di pane. Le prese la mano e le adagiò sopra il pane. La donna poggiò a terra l'ombrello e con la mano accarezzò il pane e lo strinse. Con parsimonia ne spezzò un pezzo, lo mise in bocca e iniziò a masticarlo lentamente, come se stesse gustando un cibo di grande prelibatezza. Ero rimasto fermo, di fronte a loro, alla base della scalinata. Chiesi a quella donna se era nata cieca. Lei proteggendo il pezzo di pane tra le mani, immaginando il percorso della mia voce, alzò la testa e mi guardò. Il suo sguardo sul mio viso era talmente preciso che ebbi l'impressione che mi stesse vedendo. Guardandola meglio notai dai lineamenti del suo viso che non era affatto anziana, erano i suoi vestiti arrangiati e la sua postura leggermente curva che ne davano l'impressione.

Mi rispose:“ non sono nata cieca, lo sono diventata per indigenza economica, perché non avevo soldi per curami. Prima che scoppiasse una grande crisi economica mondiale eravamo una famiglia agiata, io ero figlia unica. Mio padre aveva una piccola impresa edile. Nell'anno che scoppiarono gli scandali e il fallimento di grandi banche, che trascinarono in crisi tutto il mercato finanziario internazionale, avevo compiuto 20 anni e mi ero iscritta alla facoltà di <Diritto ed Economia delle attività produttive> presso l'università della Sapienza di Roma. Quell'anno fu l'inizio del nostro graduale ed inarrestabile declino economico familiare. Mio padre in quel periodo cominciò a ripetere puntualmente che finché circolava la Lira tutto funzionava, ma da quando eravamo passati all'Euro il nostro paese era destinato a fallire. Non ho mai dato troppo peso a quelle sue esternazioni, perché le consideravo il solito ritornello che recitava dopo le imprecazioni e le maledizioni, quando doveva pagare le tasse o gli arrivavano le notifiche di cartelle esattoriali. Ero giovane e nubile, non sentivo la preoccupazione di interessarmi più di tanto dell'economia familiare, anche perché avevo la convinzione, che rispetto a tanti nostri amici e conoscenti, stavamo bene economicamente. Avevamo una bella casa in un quartiere residenziale, due automobili, vestivamo bene e non avevo mai sentito mia madre lamentarsi per ragioni legate alla mancanza di denaro.

Quello fu invece l'inizio di anni terribili. La disoccupazione giovanile superò il 40%. La corruzione dei politici veniva smascherata dalla magistratura ogni giorno con l'apertura di nuove inchieste, era opinione diffusa tra la gente che erano tutti dei parassiti intenti a spartirsi solo poltrone e privilegi. Il popolo per sfiducia e rassegnazione iniziò a disertare le urna e a non credere più nelle istituzioni democratiche. C'era la volontà di ribellarsi, ma scoppiavano rivolte e scioperi per nulla organizzati che puntualmente non sortivano alcun effetto I governi sembravano impotenti ed inermi ad affrontare la crisi economica. Dopo la propaganda e le promesse di ricette economiche risolutive della crisi, quasi tutti i governi ripiegavano puntualmente nella soluzione di inventare nuove tasse sulle imprese e sulle famiglie per pareggiare i bilanci. La scusa ripetitiva, per non assumere responsabilità, era che l'Europa ce lo imponeva. Le tasse superarono il 50% di prelievo fiscale. Le imprese e le famiglie riuscivano a fatica a non evadere e chi non riusciva a farlo optava per il fallimento. Gli unici che lavorano alacremente e senza preoccupazione di perdere il posto di lavoro erano gli esattori e gli ufficiali giudiziari. Le banche non concedevano più prestiti o se lo facevano strozzavano impunemente i debitori con interessi da usura. Nella cronaca dei notiziari puntualmente si parlava del fallimento di fabbriche, licenziamenti di massa e il suicidio di imprenditori. La disoccupazione aumentò e i consumi delle famiglie si contrassero. Per strada il numero di persone, che frugavano nei cassonetti dell'immondizia alla ricerca di cibo ancora commestibile, aumentava ogni giorno. In pochi anni il ceto medio produttivo del paese fu quasi del tutto distrutto. La catena di questi eventi e le sue conseguenze toccarono anche la piccola impresa di mio padre, che da oltre 20 anni dava lavoro a cinque operai, sempre gli stessi. L'impresa di mio padre era come una piccola comunità affiatata, infatti mio padre con piacere ed affetto aveva battezzato e cresimato alcuni figli dei suoi operai e mia madre si frequentava con le loro mogli. Mio padre non aveva l'abitudine di parlare dei suoi problemi di lavoro, non l'aveva mai fatto, però più spesso del solito rientrava a casa sempre più taciturno e nervoso, e alla domanda di mia madre se andava tutto bene, rispondeva telegrafico che aveva qualche problema, ma che avrebbe sicuramente risolto. Una mattina, mentre mio padre era al lavoro, mia madre aprì la porta ad un ufficiale giudiziario, che le notificò il pignoramento della nostra abitazione per la vendita all'asta giudiziaria. Io rientrai dai corsi universitari in mattinata e trovai mia madre sul letto che piangeva. Le chiesi cosa fosse successo, lei mi allungò il foglio di notifica senza parlare. Lo lessi e per sostenermi da quella bruttissima notizia dovetti sedermi sulla poltroncina a fianco del letto matrimoniale. Mio padre rincasò e ci trovò silenziose in cucina con il foglio di notifica aperto sul tavolo. Capì subito che non poteva non affrontare l'argomento. Si sedette e ci raccontò delle tribolazioni di quegli anni, che aveva deciso di affrontare da solo sentendosi dignitosamente responsabile e per non coinvolgerci in quelle gravose preoccupazioni. Ci disse, che forse avrebbe potuto rispettare alcuni impegni di pagamento sia con il fisco che con le banche, se solo avesse deciso di licenziare almeno tre dei suoi fraterni dipendenti, però non aveva avuto né il coraggio né la forza di farlo, dopo 20 anni di ininterrotta condivisione del lavoro e di onesta collaborazione. Così decise di resistere e di tamponare vendendo il patrimonio ereditato e pur di pagare i loro stipendi di rimandare il pagamento delle cartelle esattoriali e delle tasse. Quelle decisioni non avevano comunque risolto la crisi della sua impresa e le tasse, le cartelle esattoriali si erano accumulate e sommavano un debito sempre più pesante ed inestinguibile. Si mise le mani ruvide e callose di lavoratore edile sul viso. Scoppiò a piangere imprecando maledizioni contro l'euro, il governo e la politica. Non avevo mai visto mio padre piangere e credo che in quel momento di sconforto e disperazione qualcosa si spezzò nel suo equilibrio psichico. Due giorni prima dell'asta giudiziaria per la vendita della casa si suicidò impiccandosi nel cantiere dove stava lavorando. Io e mia madre capitolammo in una tragica condizione. Perdemmo la casa e non avevamo più un reddito. Cominciammo a vendere tutto quanto poteva procuraci denaro per il pagamento dell'affitto e il mangiare : automobile, televisore, oro, orologi, telefoni cellulari, mobili e vestiti. Io lasciai l'università e cercai un lavoro, ma in quella crisi riuscivo saltuariamente a guadagnare qualcosa come cameriera e sguattera in un ristorate, solo di sabato e domenica. Persi anche quel poco, quando il ristorante chiuse. Mia madre si ammalò, il medico di famiglia ci prescriveva ricette e impegnative per visite specialistiche, ma non avevamo i soldi per i tickets dei farmaci e per le visite. Avevamo vergogna ad ammette con il nostro medico di famiglia, che se pagavamo i tickets, non avevamo i soldi per mangiare. Mia madre morì, il suo funerale lo pagò la colletta che il parroco della nostra parrocchia si prestò ad organizzare. Io rimasi sola. Lasciai la casa con molti mesi di morosità, perché non riuscivo più a pagare il fitto. Mi trovai in strada che avevo 30 anni. Le preoccupazioni, le privazioni di quegli anni, dopo la morte di mio padre, mi avevano segnato profondamente nel fisico, non dimostravo affatto i miei 30 anni, avevo l'aspetto di una donna trascurata e sciatta di 50 anni. Avevo cercato disperatamente l'occasione di uscire da quell'incubo, ma persi la speranza e le mie giornate cominciarono a cadenzarsi e si appiattirono nell'abitudine di fare la lunga fila alla Caritas per mangiare e ai dormitori pubblici per dormire. Una domenica, durante la lunga fila per accedere alla mensa della Caritas, alzai da terra un vecchio giornale abbandonato sul marciapiedi. Era un vecchio e sgualcito settimanale economico risalente agli anni dell'inizio della crisi economica. Con molta difficoltà, a causa di una infezione agli occhi che non potevo curare e che mi annebbiava la vista, mentre stavo in fila, iniziai a leggere un articolo firmato da un professore di economia della Cattolica di Milano, il quale analizzava le cause della crisi economica del nostro paese e proponeva le soluzioni. Per la mia predisposizione alla materia economica, mi appassionai a leggerlo anche durante il pranzo. Lo lessi più volte, perché forse avevo trovato nelle analisi e nelle riflessioni di quel professore universitario la chiave di lettura del perché, tante famiglie come la mia erano state distrutte dalla crisi economica. Quel professore di economia, con altri che citava nell'articolo, dimostrava razionalmente che l'unica strada per ridare vigore alla nostra economia, forza all'occupazione, rimettere in moto i consumi, era uscire in fretta dalla moneta unica europea e dai trattati capestri che i nostri politici, venduti alle lobby massoniche e bancarie, avevano sottoscritto in nome del popolo. Alla fine dell'articolo il professore ipotizzava, che l'ingordigia del sistema bancario e finanziario era legato a strategie massoniche per ripristinare un ordine mondiale feudale Mi ritornò in mente che forse mio padre, anche se non era un economista, aveva istintivamente ragione quando imprecava contro l'euro come causa della nostra rovina. Un altro articolo della stessa rivista riportava lo schema di due grafici : in uno veniva rappresentato il sistema economico architettato per l'uso dell'euro , nell'altro la concezione di un sistema economico che veniva definito <Umanesimo Economico Moderno>. I due grafici erano dettagliatamente spiegati con un'analisi economica di cause ed effetti. Erano due sistemi con due differenti visioni della gestione del denaro: l'architettura economica dell'euro era finalizzata al potere e all'arricchimento delle banche e dei finanzieri, l'Umanesimo Economico Moderno invece concepiva un sistema economico incentrato sull'uso del denaro come volavo di benessere per i cittadini. Da quella lettura capii ,che molti uomini illuminati ed intellettualmente onesti avevano cercato di avvisarci e renderci edotti nella speranza di svegliare una coscienza di massa per reagire contro le criminali strategie di potere, che massoni, potenti banchieri e politici venduti stavano progettando ai danni della gente comune e delle generazioni future. Compresi anche che i mezzi di informazione di massa erano stati collusi e complici con quei poteri criminali, perché non riuscivo a ricordare inchieste o approfondimenti sulle vere cause della crisi che avrebbero potuto sollevare una rivolta . Il progetto criminale dei banchieri si è completato quando gli Stati, strozzati dal debito pubblico e dalle rigide politiche di bilancio imposte nei trattati , furono costretti a privatizzare pezzi importanti dello stato sociale e produttivo. Allora la piovra massonica e bancaria ha iniziato ad usare i tentacoli di grandi multinazionali al loro servizio, e scontando il debito degli Stati, è riuscita a realizzare l'ultima parte del progetto, comprando ai saldi la vera ricchezza delle comunità democratiche: la sanità, i trasporti, l'energia, le telecomunicazioni, la tecnologia, l'istruzione, e i servizi primari nella gestione delle autonomie locali. Nell'arco temporale di una crisi economica, progettata e strategicamente attuata, ci siamo ritrovati disperatamente poveri e con alcune antiche le famiglie reali ed aristocratiche, che erano state spodestate dai regimi democratici post rivoluzione francese, sul trono e con il potere assoluto e di controllo sul popolo. Milioni di persone, disoccupate e affamate, private di ogni dignità, che pur di garantirsi un minimo reddito per sopravvivere, furono costrette a rinunciare ad ogni diritto civile e di giustizia sociale. Compresi quello che era successo alla mia famiglia e al mio futuro in quei due articoli di quella rivista economica di diversi anni fa, che mi avevano dato la chiave di lettura per analizzare e riflettere sugli eventi che poi inevitabilmente sono accaduti. Perché sono diventata cieca e curva? Perché quella infezione agli occhi mi aveva provocato delle cataratte che mi hanno portato alla totale cecità. Non ho potuto curarmi, perché nella sanità ormai privatizzata se non si aveva una copertura assicurativa, quindi un lavoro e soldi da spendere, si poteva anche morire senza nessuna pietà davanti all'ingresso di un ospedale. La mia postura si è curvata per le gravi forme artritiche alla colonna vertebrale, perché non ricordo più da quanti anni ho dormito rannicchiata all'aperto sul pavimento, sotto il colonnato di questa chiesa."

La donna si zittì e abbassò lo sguardo. Gabriele seduto al suo fianco l'accarezzò come fosse stato un cucciolo sofferente e indifeso e le parlò:" Maria! la giustizia del Signore saprà pesare le sofferenze e le colpe dell'umanità. L'ingordigia di ricchezza e potere di quei potenti carnefici, che hanno usato il denaro come mezzo per infliggere tribolazioni e disperazione all'umanità, verrà giudicata e condannata. Quegli uomini potenti e privi di scrupoli sconteranno per l'eternità l'afflizione di bruciare in un rogo alimentato da cumuli di denaro." Intanto nell'oscurità dello spazio continuavano a brillare ad intermittenza le scintille dei frammenti di meteorite che bruciavano nell'atmosfera. La folla inebetita con lo sguardo verso l'alto, sospesa tra il timore e la paura, era rimasta silenziosa Gabriele regalò a quella donna un ultima carezza, si alzò e scese la scalinata della chiesa , quando mi fu vicino sollevò la corda pendente dalla cintola. Io la presi e chiusi gli occhi.

SETTIMO GIORNO

Li riaprii che eravamo di nuovo sotto il colonnato della Basilica di San Pietro. Il cielo era di un azzurro pieno e diffondeva una luce pulita che penetrava nell'anima, stimolando una sensazione di pace ed allegria. Ogni spazio della piazza e delle strade era affollato da persone in festa, che si abbracciavano e cantavano lodi di gloria al Signore. Frotte di bambini, liberi da ogni stretta apprensiva, giocavano scorazzando senza alcun timore, sembrava che quella moltitudine di persone non li spaventasse affatto. L'armonia e l'allegria, i canti e le grida gioiose erano condivise da ogni persona lì presente. Era una grande festa ,ma io non capivo cosa stessero festeggiando, così chiesi a Gabriele perché quella giornata di festa. Gabriele guardandomi allargò un sorriso che si accese anche nei suoi occhi, e disse: "oggi è il giorno in cui l'Agnello ritornerà sulla Terra, tra coloro che hanno creduto e saputo attenderlo. Tra la folla festante ci sono anche coloro che si addormentarono nella morte con la fede e la speranza di partecipare alla festa di questo giorno."

Gabriele si allontanò battendo le mani e ritmando alcuni passi di danza. Si confuse e sparì nella moltitudine in festa. Io rimasi sotto il colonnato. Un gruppo di donne, uomini e bambini , che si spostava gioiosamente con piccoli balzelli e battendo le mani come se stesse seguendo il ritmo di una danza, mi passò vicino. Una giovane donna mi prese il braccio come se volesse invitarmi ad unirmi al gruppo in festa. Subito non ci feci caso e la seguii, poi mi accorsi che la conoscevo. Mi fermai di colpo e lei mi guardò stupita. Ci guardammo intensamente senza proferire parola, poi ci abbracciammo. Ho sentito subito la voglia di esternare la mia felicità per averla rivista e di quanto soffrii quando appresi della sua morte in quel maledetto incidente stradale. Geraldina con tono sereno e pacato, lo stesso che ricordavo nelle lunghe chiacchierate di quando ci frequentavamo, mi rispose: "quando partisti per il militare capii quanto mi mancassero le nostre lunghe passeggiate senza tempo né meta, per il solo piacere di stare insieme a riflettere sulla vita, sui valori, sulla fede e sulle letture dei libri che ci scambiavamo. Avrei voluto dirti, malgrado ci fossimo conosciuti da poco tempo, che la tua amicizia stava alimentando un sentimento più puro e profondo, ma avevo deciso di aspettare che ti congedassi dal militare, per conoscerti meglio. Purtroppo non ho potuto più farlo." Le risposi quanto fosse stata importante anche per me la sua amicizia in quel periodo della mia vita e come le sue lettere fossero state di sostegno nei momenti di sconforto durante la leva militare. Le dissi che anche io cominciavo a provare dell'affetto che andava oltre l'amicizia, ma volevo essere sicuro e stavo contando i giorni che mi mancavano al congedo per dichiararglielo di persona. Poi, dopo il suo incidente mortale, mi convinsi che forse i nostri destini erano già stati scritti, perché conservassimo solo il ricordo di una breve e splendida amicizia. Gerarldina prendendomi per mano insistette perché continuassi a seguire il gruppo, io le dissi che non potevo seguirla perché non era il mio tempo e purtroppo dovevamo lasciarci. Lei mi abbracciò un ultima volta e si allontanò continuando a saltellare e cantare. Quando rimasi solo in mezzo a quella folla festante, il cielo venne squarciato da una luce accecante, che stampò sullo sfondo azzurro intenso una grande croce di un rosso fiammeggiante. Le porte della Basilica di San Pietro si spalancarono e dall'oscurità degli interni della stessa avanzò una figura di uomo avvolta in un'aurea di luce splendente. Si fermò sulla sommità della scalinata sopra la folla ed emise un urlo fortissimo, che si propagò altissimo su ogni cosa. Mi svegliai ansimante e sudato.

Erano le cinque del mattino e questo è quanto ricordo di quel sogno.

Achitettura economica dell'area Euro

Denaro come strumento per schiavizzare le nazioni e i popoli nell'interesse solo del sistema bancario e finanziario

BANCA CENTRALE (BCE)
STAMPA IL DENARO E
LO IMMETTE NEL CIRCUITO
BANCARIO PRIVATO

↓

BANCHE PRIVATE
ricevano il denaro dalla banca centrale e
con interessi lo prestano ai governi e ai privati
Hanno il potere di stabilire la quantità di denaro
da mettere in circolo condizionando
gli investimerti pubblici e privati,
il lavoro e la qualità della vita dei cittadini.

↓

STATI
RICEVONO IL DENARO
IN PRESTITO PAGANDO GLI INTERESSI,
CHE ESSENDO UN COSTO
INCREMENTA IL DEBITO PUBBLICO
E INCREMENTA GLI UMENTI DI TASSAZIONE
SUI CITTADINI E AZIENDE

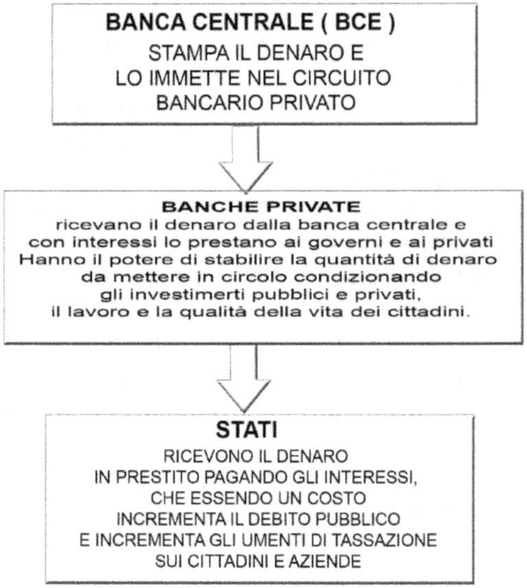

A CHI PROCURA INTERESSE E POTERE QUESTO SISTEMA MONETARIO?
SOLO AL SISTEMA BANCARIO E FINANZIARIO
COSA HANNO PERSO CON QUESTO SISTEMA LE DEMOCRAZIE POPOLARI?
LA SOVRANITA' E IL CONTROLLO SULLO STESSO

Teoria dell'Umanesimo Economico moderno

Denaro come strumento di benessere non di schiavitù

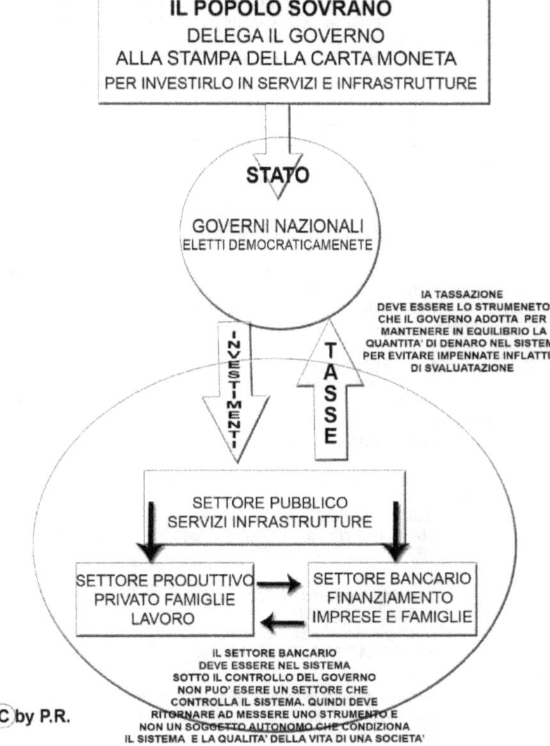

INDICE

Introduzione

Il Sogno primo giorno*(palazzi potere in rovina, decadenza dell'effimero e del lusso)-* ***LOGHI****: P.zza San Giovanni-P.zza di Spagna- Pantheon- Palazzo del Parlamento- Corte di Giustizia- Banca d'Italia*
PERSONAGGI*: Esediele- Ines - Sara*

Secondo giorno*(tempeste,uragani)*
GUIDA: CAMAELE
LUOGHI*: Altura panoramica-ponte sul Tevere- chiesa rione storico- p.zza Navona*
PERSONAGGI*: donna suicida*

Terzo giorno*(rivolta degli animali)*
GUIDA: DANIELE
LUOGHI*: Villa Borghese – Via Veneto – Fontana di Trevi- chiesa Madonna del Pozzo- Grotte Cristiane*
PERSONAGGI*: suor Giovanna- suor Teresa- suor Rita- Giacomo*

Quarto giorno*(pestilenze, pandemia)*
GUIDA: RAFFAELE
LUOGHI*: ospedale Umberto I°- ospedale pediatrico- manicomio*
PERSONAGGI*: Matteo – Paolo – Giuseppe*

Quinto giorno*(terremoti- eruzioni solari –eruzioni vulcaniche- maremoti)*
GUIDA: URIELE
LUOGHI*: p.zza del Colosseo- Vittoriano –chiesa Santa Prisca*
PERSONAGGI: Antonietta

Sesto giorno*(oscurità, segni di fuoco nel cielo)*
GUIDA: GABRIELE
LUOGHI*: Basilica di San Pietro – p.zza del Popolo*
PERSONAGGI*: Pasquale – Maria*

Settimo giorno*(attesa della venuta dell'Agnello di Dio)*
GUIDA: GABRIELE *– apparizione di MICHELE*
LUOGHI*: Basilica di San Pietro*
PERSONAGGI*: Geraldina*

www.ingramcontent.com/pod-product-compliance
Lightning Source LLC
La Vergne TN
LVHW010432230826
846092LV00009BA/1138

* 9 7 8 8 8 9 1 0 8 1 4 4 5 *